Costa Brava

Linda van Rijn

Costa Brava

Literaire thriller

uitgeverij marmer

Hoofdstuk 1

Met wijdopen ogen staarde Irene van Hout naar het plafond. Het was warm in de slaapkamer. Het zuchtje wind dat via het openstaande dakraam naar binnen kwam, bracht amper verkoeling. De eerste hittegolf van het jaar was een feit, en dan was het nog niet eens half juni. De zomer was vroeg ingevallen dit jaar. Van Irene hoefde die extreme warmte niet. Ze hield van zonnige oorden, van blote benen onder een jurkje, van zomeravonden in de tuin. Maar nu het al dagenlang meer dan 27 graden was, was het 's nachts in hun zolderkamer om te smoren. Ze wierp een blik op de digitale klok van de wekkerradio. 3.19 uur. Ze was klaarwakker. Ze keek opzij, naast haar was Jacco in diepe slaap, zijn laken opgetrokken tot zijn kin. Hij sliep altijd overal doorheen, een eigenschap waar ze weleens jaloers op was, zeker toen de kinderen kleiner waren en zij opdraaide voor de nachten. Hoewel ze niet te veel mocht klagen, want er stond tegenover dat hij haar vaak had laten uitslapen als Nikki of Stef haar weer eens de halve nacht wakker had gehouden. Ze glimlachte even. Vreemd hoe de babytijd inmiddels als een ander leven voelde, veel langer geleden dan de zeven jaar die was verstreken sinds de geboorte van Stef.

Een tijdje bleef Irene op haar rug liggen, toen hees ze zichzelf omhoog, verschikte haar kussen en ging met haar rug tegen de wand zitten. Ze wist niet eens precies waarvan ze wakker was geworden. Misschien kwam het door de warmte, misschien doordat het druk was in haar hoofd. Zoals elk jaar als de vakantie naderde, moesten er nog tig dingen worden afgerond. 'Lekker veel vakantie', kreeg ze vaak te horen als ze vertelde dat ze in het onderwijs werkte. Maar de keerzijde was dat ze in de andere weken voortdurend over haar uren heen ging. Zeker nu het nog maar vier weken duurde tot de zomervakantie en de ene na de andere student zich meldde voor advies en begeleiding – of, zoals haar afgelopen week al een paar keer was overkomen, woedend haar kantoor binnenstormde en eiste dat de school zou zorgen voor een diploma of overgang naar het volgende jaar. Mbo-studenten waren vaak een leuke, maar soms een pittige doelgroep, had ze samen met haar collega's maar weer eens vastgesteld. En de docenten verwezen maar al te graag naar de studentenbegeleider, Irene.

Ze merkte dat haar gedachten alweer op volle toeren begonnen te draaien. Twee studenten van de opleiding Zorg en Welzijn wilden geëxcuseerd worden voor hun zware onvoldoendes, omdat ze op hun stage naar eigen zeggen waren lastiggevallen door cliënten van de zorginstelling, een verhaal waar Irene na haar eigen onderzoek niets van geloofde. Ook omdat de verhalen van de studenten voortdurend veranderden en hun cijferlijst er voorafgaand aan de stage ook al niet best uit had gezien. Maar nu had ze al een paar keer de ouders aan de telefoon gehad. Ze was heus wel wat gewend, maar de dreigementen die de vader van een van de twee de wereld in had geslingerd, waren niet mals. Dat hij de hele school voor de rechter zou slepen, was nog de mildste bedreiging. Gelukkig wist Irene dat ze kon rekenen op de steun van Wilco, de directeur, maar toch hield de hele zaak haar meer bezig dan ze eigenlijk wilde. Ook nu, midden in de nacht, gleden haar gedachten er weer naartoe.

De klok versprong naar 3.20 uur. Irene staarde ernaar. 3.21. 3.22. Hoe later het werd, hoe meer ze de slaap voelde verdwijnen. Ze sloeg haar laken terug en liep naar de badkamer om een slokje water te drinken. Daarna kroop ze weer in bed. Met het wegglijden van de slaap nam haar frustratie toe. Morgen – vandaag, welbeschouwd – was het donderdag, doorgaans de drukste dag. Hoeveel koffie ze ook zou drinken, het slaapgebrek zou haar scherpte kosten. Zeker nu moest ze alert zijn om de tientallen vragen van de studenten te pareren. En dan had ze ook nog vier afspraken met ouders staan. Ze blikte even opzij naar Jacco. Het was eigenlijk haar beurt om Nikki en Stef van de naschoolse opvang te halen, maar ze hoopte dat Jacco het kon doen, zodat ze tot laat kon werken.

Hoewel, die kans was niet zo groot. In de afgelopen weken was Jacco maar een paar keer thuis geweest voor sluitingstijd van de opvang. In het ziekenhuis heerste vlak voor de vakantie ook topdrukte, omdat veel patiëntjes nog even gezien moesten worden voor ze op vakantie gingen. En dan was er ook nog een kinderarts overspannen geraakt, waardoor Jacco diens patiënten deels moest overnemen. Ze vond het knap dat hij nooit klaagde over de drukte. 'Gewoon doorwerken', was zijn devies, en dat dat ten koste ging van de tijd die ze samen hadden, daaraan was Irene allang gewend. Dan had ze niet met een kinderarts moeten trouwen, en al helemaal niet met een bevlogen arts als Jacco.

Haar gedachten gleden terug naar morgen. Misschien kon ze haar schoonmoeder vragen om bij te springen, voor de tweede keer deze week.

Irene haalde diep adem. Het gepieker had ertoe geleid dat ze nu vrijwel zeker wist dat ze de slaap niet meer zou vatten. Als haar gedachten eenmaal op stoom kwamen, lieten ze zich niet makkelijk tot bedaren brengen. Ze sloot even haar ogen. Ze keek uit naar de zomervakantie. Tijd om uit te rusten. Tijd voor elkaar. Eindelijk ontspannen. Weer eens praten over meer dan alleen de praktische invulling van hun leven, over wie Nikki naar paardrijles zou brengen en wie er op zaterdag meeging naar Stefs hockeywedstrijd. Over wie er boodschappen deed en wat er gekookt moest worden.

Ze slaakte een zucht en liet zich een beetje onderuitzakken. Via het raam gleed opnieuw een kleine windvlaag naar binnen en Irene draaide haar hoofd ernaartoe, blij met het zuchtje verkoeling. Ze pakte haar telefoon van het nachtkastje, maar natuurlijk had ze geen berichten. Ongeinteresseerd opende ze eerst Facebook en daarna Instagram, maar al snel legde ze het toestel weer aan de kant. Haar hoop op slaap was al zo goed als vervlogen, maar als ze ook nog op haar mobiel zou gaan kijken, wist ze in elk geval zeker dat ze niet nog een uurtje zou kunnen meepakken. Ze vroeg zich af waarom ze dat ding überhaupt 's avonds mee naar boven nam.

Ze keek weer opzij. Iets had haar aandacht getrokken, maar ze wist niet precies wat. Een lichtje dat ze vanuit haar ooghoek zag. Ze kneep haar ogen samen en liet haar blik door de kamer gaan, maar ze moest het zich toch hebben verbeeld. Jacco mompelde iets in zijn slaap en draaide zich om, zijn gezicht naar haar toe. Toen zag ze het lichtje weer.

Ze keek verbaasd. Het was afkomstig van Jacco's telefoon. Zijn mobiel lag zoals gewoonlijk naast zijn bed, het scherm naar boven gedraaid. Het verwonderde Irene dat het toestel aanstond, omdat het Jacco's gewoonte was het ding op 'niet storen' te zetten voor hij ging slapen, tenzij hij dienst had natuurlijk. Dat had hij nu echter niet. Opnieuw lichtte het schermpje op. Irene trok haar wenkbrauwen op, terwijl ze zich afvroeg wie er midden in de nacht zo driftig aan het whatsappen was. Zou er iets aan de hand zijn in het ziekenhuis? Was er een collega die hem nodig had? Dat zou wel uitzonderlijk zijn. Juist omdat de artsen al zo vaak aan het werk waren, was het een ongeschreven regel dat collega's elkaar met rust lieten als ze vrij waren. Maar aan de andere kant: met de recente onderbezetting was 'vrij' een relatief begrip geworden.

Weer kwam er een berichtje binnen, zag ze aan het oplichten van het scherm. Het was tegen haar gewoonte om Jacco's berichten te lezen, maar wat als er echt iets aan de hand was? Ze aarzelde nog even, maar boog zich toen over haar slapende man heen om zijn telefoon te pakken.

Vrijwel meteen kreeg ze een vreemd gevoel. In plaats van het groene logo van WhatsApp zag ze een blauw logo in beeld. Ze herkende het, een aantal leerlingen communiceerde op die manier met haar. Ze had echter niet verwacht dat Jacco gebruik zou maken van Messenger, de berichtendienst van Facebook. Vooral gezien het feit dat hij zijn Facebookaccount al jaren niet meer echt gebruikte.

Voorzichtig liet ze haar ogen over de regels gaan. Ze scrolde naar beneden, de rij berichten leek eindeloos. Het eerste was een halfuur geleden gestuurd en elk bericht bevatte ongeveer één zin. Ze sloot even haar ogen, knipperde vervolgens een paar keer en richtte haar aandacht opnieuw op de boodschappen. Haar mond was inmiddels kurkdroog geworden. Haar ogen hadden de woorden geregistreerd, maar het leek alsof haar hersenen weigerden de betekenis te aanvaarden. Alsof ze nog even wilden uitstellen wat onvermijdelijk op haar afkwam. Haar handen begonnen zo hard te trillen dat de telefoon op het matras gleed. Ze pakte hem weer op, net toen er een nieuw bericht binnenkwam. Haar ademhaling ging nu schokkerig, het lukte haar hersenen niet langer om te weren wat niet meer te ontkennen viel. Irene drukte op de knop om het scherm te ontgrendelen. Ze kende de code, haar eigen verjaardag. Het moest door het trillen van haar hand komen dat ze hem niet goed intoetste, want de eerste keer werd de toegang geweigerd. Ze probeerde het opnieuw, en toen nog een keer. Verbijsterd staarde ze naar het scherm. De code was gewijzigd.

Opnieuw sloot ze haar ogen. Woorden die ze net had gelezen begonnen rond te zingen in haar hoofd. Hard, gillend bijna. Ze knalden door haar gedachten en hoewel ze uit alle macht probeerde een logische verklaring te formuleren, wist ze dat die er niet was. De woorden namen de overhand.

Met een ruk schoten haar ogen weer open. Ze herpakte zichzelf. Dit had geen zin, ze moest lezen wat er stond. Het zeker weten. Het tot zich laten doordringen.

Hoewel het scherm was vergrendeld, kon ze de berichten toch lezen.

Hé kanjer.

Ik kan alleen nog maar aan jou denken.

Slaap je?

Ik niet, je zit de hele tijd in mijn hoofd.

Ik denk al drie dagen aan je.

Aan je handen.

En je mond. Je geweldige mond.

Ik wil je nog een keer.

Geef alsjeblieft antwoord.

Achter veel berichten stonden smileys, alsof ze door een zestienjarige waren gestuurd. Irene slikte en vroeg zich een paar seconden lang af of ze dit wel serieus moest nemen. Was het een grap? Iemand die een lolletje uithaalde? Een foutje? Er klopte natuurlijk sowieso iets niet, met dat Facebookaccount dat Jacco niet gebruikte. Was hij per ongeluk ingelogd op het account van iemand anders? Zonder het zelf te weten?

Zelfs nu haar hoofd met pap gevuld leek te zijn, realiseerde ze zich dat het niet logisch was. Als het zwart-wit is en het staat in de wei, is er altijd een kans dat het een zebra is, zei Wim, een collega van haar, weleens. Maar ga er maar van uit dat het een koe is. En dat gold nu ook. De verklaring dat Jacco per ongeluk en onwetend op het

Facebookaccount van iemand anders actief was, en dan ook zonder het te weten de bijbehorende berichtenapp had geïnstalleerd, voelde als een veilige escape. Maar haar hersenen lieten zich niet voor de gek houden.

Ze keek naar de afzender. Alina. Geen achternaam. Ze kende geen Alina en voor zover ze wist kende Jacco ook geen Alina. Ze probeerde terug te gaan in haar hoofd, maar herinnerde zich echt niet dat hij het over iemand met die naam had gehad. Al zei dat op dit moment niets. Haar brein leek sowieso dienst te weigeren.

Opnieuw keek ze naar de berichten. Ze kon zichzelf van alles wijsmaken, maar er waren niet veel verschillende verklaringen mogelijk. Ze slikte een paar keer achter elkaar. Een straaltje zweet liep via haar nek naar beneden. Ze gloeide alsof ze koorts had, ondanks de hitte bleef ze rillen.

Drie dagen. Waar was Jacco drie dagen geleden geweest? Over het antwoord hoefde ze niet na te denken. In het ziekenhuis natuurlijk, zoals altijd. In haar hoofd ging ze terug in de tijd. Maandagavond. Ze had zelf tot vijf uur gewerkt en daarna had ze vlug Nikki en Stef uit de opvang gehaald. Thuis had ze gekookt – pasta? – en Nikki en Stef waren moe dus explosief geweest. Na het eten had ze hen snel onder de douche gezet en nog voor acht uur waren ze allebei onder zeil geweest. Dat wist ze omdat ze op dat tijdstip had vastgesteld dat ze nog vier uur extra werktijd had gehad en tegelijkertijd zo moe was geweest dat ze graag naar bed had gewild. Hoe laat Jacco was thuisgekomen wist ze niet meer. Ze pakte haar telefoon. Er waren geen berichten van maandagavond.

'Alina' was gestopt Jacco berichten te sturen. Irene

drukte opnieuw op de homebutton van de telefoon. Daar stonden ze, onder elkaar. Ze had ineens enorme hoofdpijn, tot lichtflitsen aan toe. Tegelijkertijd leek er diep vanbinnen iets te ontstaan dat sterker was dan zijzelf. Iets dat zich verspreidde vanuit haar buik. Ze trilde nu over haar hele lichaam. Het was niet alleen schok, en woede, het was ook angst. Alles wat ze had, het leven dat ze kende en waar ze van hield, stond dat nu op losse schroeven? Had hij een misstap gemaakt, of had hij iemand ontmoet met wie hij verder wilde? Hoelang was dit al aan de gang? Aan wie hoorde zijn hart, en zijn hoofd? Kon ze het hem vergeven?

Zoveel vragen, die zich in haar hoofd samenbalden tot een niet te stoppen draaikolk. Ze wilde schreeuwen, maar hield het geluid nog net binnen. De kinderen, schoot het door haar heen. Geen scène voor de kinderen. Op een of andere manier maakte die gedachte dat ze nu helemaal niet meer bewoog. Alsof ze was versteend, zo lag ze naast Jacco. Wat zou ze doen als het allemaal echt waar was? Als hij haar had bedrogen, als hij met deze Alina... Ze schudde haar hoofd en perste haar lippen op elkaar. Ze kon er niet eens aan denken. Het was zo ranzig, zo niet Jacco.

Al realiseerde ze zich, terwijl die gedachte door haar hoofd ging, dat ze niet meer zeker wist of ze hem eigenlijk wel kende.

Hoofdstuk 2

ÉÉN MAAND LATER

'We zijn in Spanje!' Jacco draaide zijn hoofd om naar de achterbank en maakte ondertussen een handgebaar richting het bord langs de weg. Stef juichte, Nikki klapte in haar handen.

'Hoelang nog voor we op de camping zijn?' vroeg Stef, terwijl hij ongeduldig uit het raam keek.

'Iets meer dan een uur', antwoordde Jacco, hoewel het navigatiesysteem aangaf dat het juist iets minder was. Maar Irene kende hun ongedurige zoon ook langer dan vandaag, hij zou elke minuut aftellen, dus het was geen slecht idee een marge in te bouwen.

'Zo lang...' zuchtte Stef op de achterbank. 'Ik kan echt niet meer wachten.'

Irene keek naar buiten, waar het zonlicht weerspiegelde op het donkere wegdek. Ze begreep Stef wel. Ze hadden al bijna twee volle dagen in de auto gezeten, zelf was ze er ook wel klaar mee. Jacco en zij hadden elkaar afgewisseld met rijden. Ze had niet opgezien tegen het autorijden, tegen de veertienhonderd kilometer naar hun Spaanse camping, tegen de voorspelde files in Frankrijk en bij de Spaanse grens nu het hoogseizoen was losgebarsten – die waren trouwens nog best meegevallen. En ook niet tegen verveelde kinderen op de achterbank of Stefs wagenziekte, waar hij ondanks pilletjes en speciale armbandjes in heuvelachtig gebied toch altijd last van had. Maar als ze eerlijk was, had ze wel opgezien tegen de lange uren naast Jacco in de auto.

Vier weken en twee dagen, zoveel tijd was er verstreken sinds de nacht dat ze de berichten had gelezen. Ze kon zich iedere minuut van die nacht herinneren. Hoe ze wakker was geworden, hoe de telefoon van Jacco haar aandacht had getrokken, hoe ze had willen schreeuwen en gillen maar uiteindelijk stokstijf in bed was blijven liggen, haar ogen wijdopen. Om halfzeven was de wekker gegaan. Jacco was langzaam ontwaakt. Het was haar opgevallen dat hij, nog half in slaap, meteen naar zijn telefoon tastte. Was dat altijd al zo geweest? Of was het iets van de laatste dagen? Weken? Ze had het niet geweten, had niet kunnen kijken hoe ver de berichten teruggingen.

Jacco had intussen vastgesteld dat het nachtkastje leeg was. Hij was meteen klaarwakker geweest, rechtop in bed, om zich heen kijkend, op zoek naar zijn telefoon. De telefoon die zij in haar inmiddels verstijfde hand hield.

'Zoek je deze soms?' had ze uiteindelijk gevraagd, haar

stem schor, piepend bijna. Jacco had opgekeken, verwonderd, en meteen daarna geschrokken.

'Mag ik hem?' had hij gevraagd en daarna had hij zijn hand uitgestrekt om de telefoon uit haar hand te pakken. Irene had haar hand met daarin zijn mobiel echter teruggetrokken, waardoor hij in het luchtledige tastte.

Een moment lang waren ze in een vreemd vacuüm beland.

'Wat doe je?' was zijn reactie geweest. 'Geef me gewoon mijn telefoon.'

Haar kaken hadden pijn gedaan toen ze de woorden uitsprak. Uitspuugde, eigenlijk. Met strakke spieren had ze naar hem toe gegooid: 'Wie is Alina?'

Vooral de paar seconden die volgden op haar vraag, herinnerde ze zich heel scherp. Misschien omdat ze haar blik zo strak op Jacco had gefixeerd, dat haar ogen er bijna van gingen tranen. Het had gevoeld alsof haar leven in die zeer korte tijdspanne werd bepaald, alsof zijn reactie hun huwelijk zou maken of breken.

Zo was het natuurlijk niet gegaan. Althans, niet direct. Jacco was zich rot geschrokken. Meteen daarna had hij zonder succes geprobeerd die reactie te maskeren. Maar de kleur van zijn gezicht had genoeg gezegd. Irene had nooit geweten dat de uitdrukking 'het wegtrekken van kleur' zo letterlijk genomen moest worden, tot aan het rood van Jacco's lippen toe. Had ze er op dat moment werkelijk oog voor gehad, dan was het misschien wel eng geweest om te zien, dat lijkbleke, bijna wasachtig. Maar ze was zo boos geweest dat het haar niet milder had gestemd.

Hij had geprobeerd het te ontkennen, dat had ze hem kwalijk genomen. Misschien was het wel minder erg geweest als hij het gewoon meteen had toegegeven. Spijt had betuigd. Het had uitgelegd, voor zover er iets uit te leggen viel. In plaats daarvan had hij gedaan alsof hij van niets wist.

'Alina? Ik ken geen Alina.'

'Het moet een misverstand zijn.'

'Vast een rare grap. Of een nepaccount.'

Jacco was nooit een erg goede leugenaar geweest. Ze had het laken van zich af gegooid en was uit bed gesprongen. Ze had geschreeuwd – vergeten was haar voornemen om geen scène te maken tegenover de kinderen – en gescholden. Jacco had geroepen dat ze rustig moest doen, dat er vast een verklaring voor was, al was het niet duidelijk geworden of die verklaring van hem zou komen. Daarop had zij haar armen over elkaar geslagen en demonstratief op die verklaring gewacht, maar die was natuurlijk niet gekomen omdat die simpelweg niet bestond.

De kinderen waren wakker geworden en de verschijning van Nikki in de slaapkamer had Irene enigszins tot bedaren gebracht. Ze herinnerde zich hoe haar ouders vroeger soms ruziemaakten en hoe verschrikkelijk ze dat had gevonden als kind. Hoe ze ertussen was gesprongen, zoals Nikki nu deed.

'Niets', had ze dan ook mompelend geantwoord, toen haar dochter met een dun stemmetje had gevraagd wat er aan de hand was. Daarna had Irene zich met een ruk omgedraaid en was naar de badkamer gelopen. Ze had lang onder de douche gestaan, waarbij ze tegelijkertijd wel en niet had gehoopt dat Jacco naar de badkamer zou komen. Hij had het niet gedaan en ze was razend geworden, wat waarschijnlijk ook zou zijn gebeurd als hij het wel had gedaan.

Achteraf wist ze niet hoe ze het voor elkaar had gekregen. Het ontbijt, met z'n vieren, doen alsof er niets aan de hand was. Jacco was dat goed afgegaan, dat moest ze hem nageven. Hij had gewoon koffie gepakt, was aangeschoven. Maar toen de kinderen naar school waren, was hij blijven zitten op het tijdstip dat hij anders met enige haast naar het ziekenhuis zou zijn vertrokken. Zelf had ze naar haar werk gebeld om door te geven dat ze later zou komen.

'Ik denk dat we moeten praten', had hij gezegd.

Irene had geen antwoord gegeven. In plaats daarvan had ze hem aangestaard, terwijl ze intussen moeite had gehad haar gevoelens te bepalen. Boosheid ja, woede, frustratie, schok – dat was er allemaal, luid en duidelijk. Maar daaronder zat een laag van iets dat ze moeilijker kon duiden. Ongerustheid. Angst.

Uiteindelijk had Jacco diep ademgehaald en zonder haar aan te kijken had hij half geknikt. 'Oké', had hij gezegd. 'Het is waar.'

Verdwenen waren de vermoorde onschuld, het 'nepaccount', het 'misverstand'. Hij had alles opgebiecht.

Irene staarde met nietsziende blik naar buiten, terwijl ze Jacco's woorden in haar hoofd weer hoorde. Kilometers donker asfalt schoten onder de auto door. De scherpe bochten en hoge wanden van de Pyreneeën hadden plaatsgemaakt voor een vlak landschap van dor gras en hier en daar een dorpje. Je zag het altijd als eerste aan de wegwijzers, dat je in een ander land was. Figueres, stond erop, een grote pijl in de richting waarin ze reden. Er kwam een herinnering boven aan vorig jaar, toen ze ook in dit gebied waren geweest. Tapas op een heerlijk terras, een kan sangria die al binnen een uur leeg was geweest. Nikki en Stef hadden vriendschap gesloten met drie Nederlandse kinderen die met hun ouders een paar tafeltjes verderop zaten. Het vijftal had de hele avond op het plein gespeeld. Jacco en zij hadden eindeloos gepraat. Ze wist niet meer precies waarover, maar wel dat het langzaamaan donker was geworden, dat er een nieuwe kan sangria op tafel was gekomen, dat de tapas maar bleven komen en dat ze zo volmaakt zorgeloos was geweest, al realiseerde ze zich dat nu veel meer dan destijds.

Even keek ze opzij. Jacco keek naar de weg, maar leek in gedachten ergens anders te zijn. Ze wist niet waar en ze vroeg het niet. Langzaam gleden haar gedachten weer terug naar dat moment aan de ontbijttafel. Het was dus waar. Het had hem wat tijd gekost om dat toe te geven, maar toen hij het eenmaal deed, vertelde hij alles. Hoe hij 'Alina' – of ze echt zo heette wist hij niet, maar hij ging ervan uit omdat hij geen reden kon bedenken waarom iemand zichzelf met een andere naam zou voorstellen, iets waar Irene niet zo zeker van was – was tegengekomen in de kroeg. Dat was op zichzelf zeldzaam, want Jacco kwam maar weinig in de kroeg. Te weinig, zei hij soms, maar zoveel vrije uren had hij nu eenmaal niet en hij besteedde ze doorgaans liever aan zijn kinderen.

Die avond had hij afgesproken met wat oude vrienden van zijn vroegere voetbalteam. Ze hadden geborreld in een kroeg niet ver van het ziekenhuis. Jacco had het niet zo laat willen maken, maar het was gezellig geweest. Het ene biertje had het andere opgevolgd en bij elk drankje was zijn vastbeslotenheid om vroeg naar huis te gaan een stukje verder afgebrokkeld. Irene had die avond doorgebracht op de bank met Netflix. Aan de ene kant zou ze het leuk hebben gevonden om zijn vrije avond met Jacco door te brengen, omdat ze elkaar al niet zoveel zagen. Maar aan de andere kant was ze ook blij geweest dat hij eens wat ontspanning had, omdat hij zichzelf dat maar zo weinig gunde. Bij het naar bed gaan had ze hem geappt, maar hij had niet geantwoord. Daar had ze om moeten glimlachen. Het was lang geleden dat Jacco een avond echt uit was geweest.

Ze was in slaap gevallen en de volgende ochtend had hij naast haar gelegen. Ze wist zich niet te herinneren hoe laat hij was thuisgekomen. De dag erna had ze niets aan hem gemerkt, dat wist ze zeker. Kon hij zo goed toneelspelen? Of had ze gewoon niet opgelet? Als ze eerlijk was, kon het best dat laatste zijn. Voor haar was het een werkdag geweest en nadat ze de kinderen de deur uit had geholpen, was ze zelf haastig naar school vertrokken. Jacco sliep toen nog. Toen ze thuiskwam hadden ze gegeten en 's avonds was ze weer achter haar laptop gekropen om nog even iets af te maken, wat uiteindelijk bijna de hele avond had geduurd. Jacco had televisiegekeken en ze hadden niet veel gepraat.

Ja, eerlijk gezegd twijfelde Irene of ze het zou hebben gezien als hij de lippenstiftafdrukken van die vrouw nog in zijn nek had gehad. En misschien was dat ook wel het probleem tussen hen de laatste tijd. Al had Jacco daarover niets gezegd. Hij had er eigenlijk sowieso niet veel woorden voor gehad.

'Ik had te veel gedronken', was een van de dingen geweest die hij wel zei. En ook: 'Het gebeurde gewoon.' 'Zij versierde mij.' 'Ik kende haar niet.' 'Ik wilde het niet.' 'Het heeft niets met jou te maken.' Allemaal clichés, waar Irene niets mee kon. Natuurlijk was het nog erger geweest als hij het op haar had afgeschoven. Ze had vriendinnen bij wie dat was gebeurd. 'Omdat jij zo weinig aandacht voor mij hebt, dwing je me om het ergens anders te zoeken', had de man van een van hen na zijn overspel gezegd. Geen wonder dat dat huwelijk de ontrouw niet te boven was gekomen, vond Irene.

Maar Jacco's verklaringen waren eigenlijk ook geen echte verklaringen. Ze waren meer dan twaalf jaar bij elkaar en hij was in die tijd natuurlijk heus weleens vaker in een kroeg geweest. Daar had hij dan de nodige aandacht gekregen van andere vrouwen. Dat wist Irene zeker, het was ook weleens in haar bijzijn gebeurd. Ze was niet jaloers aangelegd en moest er altijd wel om lachen. Ergens maakte het haar ook trots. Jacco was aantrekkelijk en gewild, en helemaal van haar.

Nooit eerder was hij op die avances ingegaan. Dat had hij gezworen en Irene geloofde hem. Ondanks haar boosheid kon ze zich niet voorstellen dat Jacco al jaren een vreemdganger zou blijken te zijn. Maar waarom deze keer dan wel? Dat had Irene hem keer op keer gevraagd, maar een antwoord had ze niet gekregen. Was hij niet gelukkig in hun huwelijk? Miste hij iets bij haar? Dat was het niet, had Jacco haar verzekerd, het had niets met haar te maken. Maar nu met zijn ontrouw de basis onder haar vertrouwen was weggeslagen, had ze moeite dat te geloven.

Nee, hij was niet verliefd, had hij haar verzekerd. Die vrouw, Alina, was niet eens zijn type. Ze was naar hem toe gekomen en ze waren aan de praat geraakt, omdat zij iets zei over zijn schoenen en dat was grappig geweest, al kon hij zich achteraf niet meer herinneren wat dat precies was geweest. Na een kort gesprekje was Alina teruggegaan naar de vriendin met wie ze was gekomen en pas tegen de tijd dat Jacco eigenlijk naar huis had willen gaan, had hij haar weer gezien. Zijn vrienden vertrokken en hij was hetzelfde van plan, maar Alina bood hem een drankje aan en toen had hij ja gezegd. Omdat ze iets in hem had losgemaakt, ja, dat moest hij wel toegeven. Achteraf kon hij zichzelf wel voor zijn kop slaan dat hij op haar aanbod was ingegaan, vooral omdat dat drankje geen biertje bleek te zijn maar een gin-tonic met veel gin en weinig tonic. Gevolgd door een tweede en een derde. Alina's vriendin was naar huis gegaan tegen de tijd dat Jacco er al niet eens meer aan dacht dat hij dat ook zou kunnen doen.

Alina bleek een appartement niet ver van de kroeg te bewonen. Althans, Jacco meende dat het niet ver was, maar eigenlijk kon hij zich niet precies herinneren hoelang ze in de taxi hadden gezeten.

'Nee', had hij eerlijk geantwoord toen Irene hem had gevraagd of hij tijdens die taxirit geen last had gehad van schuldgevoel. 'Daar was ik te dronken voor.'

Alcohol, het was natuurlijk vreselijk cliché om dat als verklaring op te voeren, en tegelijkertijd voelde het voor Irene ergens als een opluchting. Al was het zoveel lager dan ze Jacco ooit had ingeschat.

De seks was niet bijzonder geweest, had Jacco verteld nadat ze maar was blijven doorvragen. De eerste paar keer had hij haar vragen afgewend. Ze moest het niet willen weten. Ze moest zichzelf niet zo kwellen. Maar zo werkte het niet voor haar. Ze moest het juist wel weten. Alles. De hele appel, hoe zuur die ook was. Pas als ze het allerdiepste punt zou bereiken, kon ze voor haar gevoel weer nadenken. Tijdens Jacco's relaas had ze voornamelijk naar de ontbijtboel gestaard, die daar maar op tafel stond. De korstjes op Stefs bord, een gewoonte uit zijn peutertijd die hij niet was ontgroeid. De halve beker melk die Nikki had achtergelaten. De yoghurt in haar eigen bakje, onaangeroerd omdat ze bij het idee van eten al bijna moest overgeven.

Toen Jacco vertelde wat er precies was gebeurd, had ze niet kunnen blijven zitten. Rusteloos was ze overeind gekomen, had de borden slordig op elkaar gestapeld en had het hele boeltje op het aanrecht gezet, waar de stapel vervaarlijk had gewankeld. Ergens had ze gehoopt dat hij zou omvallen, gewoon omdat het paste bij de hele situatie. Scherven. Maar de stapel was blijven staan en zij was weer gaan zitten zonder iets in de vaatwasser te zetten.

Ze hadden seks gehad, niets meer, niets minder. Alina had gezegd dat ze single was en dat ze dit normaal gesproken nooit deed, zomaar iemand mee naar huis nemen. Irene geloofde er niets van, Jacco liet zich daar niet over uit. Na de seks was hij gaan douchen en daar, in Alina's douchecabine, was hij langzaam ontnuchterd en had hij enig besef gekregen van wat hij had gedaan. Meteen had hij zich verschrikkelijk schuldig gevoeld, bezwoer hij Irene. Die woorden hadden Irene koud gelaten. Schuldig, makkelijk om te zeggen. Dat was wel het minste wat hij kon voelen. Maar wat kocht je ervoor?

Hij had zijn nummer niet gegeven, wel zijn naam. Hij had Alina verteld dat hij getrouwd was en dat hij het bij deze ene keer zou laten. Dat hij spijt had, dat hij zijn huwelijk helemaal niet kapot wilde maken. Zij had beloofd dat ze geen contact zou opnemen, maar die belofte had ze gebroken. Via Facebook had ze hem gevonden en Jacco, niet thuis in social media, had kennelijk op 'accepteren' gedrukt toen ze een berichtenverzoek had gedaan.

'Waarom heb je het niet meteen verteld?' had Irene gevraagd. En ook: 'Zou je het hebben verteld als ik er niet zelf achter was gekomen?' Die laatste vraag was voor haar heel belangrijk. Jacco had ja gezegd, maar wat moest ze daarvan geloven? Hij had drie dagen de tijd gehad en toen had hij ook niets gezegd. In plaats van eerlijk te zijn had hij gedaan alsof er niets aan de hand was. Was hij gewoon naast haar in bed gestapt, had haar tegen zich aan laten slapen, had haar gekust met dezelfde lippen die nog maar een of twee etmalen daarvoor die van Alina hadden verslonden. Ze had zich vies gevoeld bij dat idee. Ze had zich sowieso vies gevoeld, al was zij niet degene die zich door een ander had laten aanraken.

Toen hij alles had verteld, had Irene Jacco gevraagd om weg te gaan. Ze wilde niet in zijn buurt zijn, niet zijn gezicht zien, zijn mond. Ze wilde alleen zijn.

Hoewel ze zich het liefst ziek had willen melden, was ze uiteindelijk rond elf uur toch naar haar werk gegaan. Het was niet het probleem van haar werkgever of de leerlingen en ouders met wie ze die middag afspraken had, zo had ze ferm geredeneerd. Ze wist niet meer hoe ze de dag was doorgekomen, hoe ze normaal had kunnen doen. Tegen de tijd dat ze naar huis moest, had ze Jacco gebeld dat hij de kinderen moest ophalen, wat hij zonder tegenspraak had geaccepteerd. Irene had geen idee of dat in zijn schema paste en het kon haar ook niet schelen. Zelf had ze Rianne, haar zusje, gebeld om ergens sushi te gaan eten en wijn te gaan drinken. En toen, na haar eerste wijntje, had ze eindelijk dat gevoel toegelaten dat al de hele dag sluimerde onder haar schok, woede en ongeloof: de angst dat Jacco haar zou inruilen.

Het moest er vreemd uit hebben gezien, in het restaurant. Zij in tranen, Rianne die naast haar zat en haar troostte. Na een paar minuten had ze zichzelf weer onder controle gekregen en vervolgens hadden ze het een hele tijd over Irenes angst gehad.

'Wil je van hem af?' had Rianne haar onomwonden gevraagd.

Irene wist niet welke conclusie ze uit haar eigen dubbele gevoel moest trekken. Aan de ene kant was ze razend over de ontrouw. Het voelde zo goedkoop, vies en onzinnig. Kon ze hem vergeven? Kon ze hem vertrouwen? Allemaal vragen waarop ze geen antwoord had.

Aan de andere kant, haar angst zei ook iets. Als ze bang was hem kwijt te raken, betekende dat toch dat ze met hem verder wilde? Dat laatste was Riannes conclusie geweest, maar zo zwart-wit was het voor Irene nou ook weer niet. Het was nog zo vers, ze wist nog helemaal niet wat ze wel en niet wilde. Voor nu wilde ze niet in zijn buurt zijn, dat wist ze wel.

Rianne zou Rianne niet zijn geweest als ze geen eerlijkheid van Irene zou hebben verlangd.

'Hoe ging het de laatste tijd tussen jullie?' had ze gevraagd. 'Had je wel genoeg aandacht voor hem?'

Irene was boos geworden om die vraag. 'O, nu ligt het ineens aan mij?'

Rianne had haar hoofd geschud. 'Dat zeg ik niet, maar het kan geen kwaad om ook naar jezelf te kijken. Als er iets mis is tussen jullie, dan is dit het uitgelezen moment om daaraan te werken. Een grotere wake-upcall ga je niet krijgen.'

Ja, ze waren allebei druk, te druk misschien wel. Dat had Irene toegegeven. In haar hoofd stonden altijd tien tabbladen open en als ze eerlijk was, was Jacco vaak het tiende tabblad. Dat toegeven aan zichzelf had ongemakkelijk gevoeld, alsof ze het vreemdgaan daarmee gladstreek.

'Dat doe je niet', had Rianne gezegd. 'Maar je kunt wel je eigen lessen trekken. Als je met hem verder wilt, zal er iets moeten veranderen. Dit is een moment waarvan jullie allebei kunnen leren.'

Daarin had Irene haar zusje gelijk moeten geven en toen hadden ze samen gelachen om het feit dat Rianne nu met wijs relatieadvies kwam, terwijl ze er zelf niet in slaagde een relatie langer dan een maand of drie in stand te houden. Wat dan weer te maken had met haar voorkeur voor foute mannen, maar dat onderwerp had Irene maar even niet aangeroerd, omdat Rianne net voor de zoveelste keer was teleurgesteld door een man. Niet omdat hij vreemdging – 'Dat was het enige wat hij niet deed', had Rianne cynisch gezegd – maar omdat zijn baan als accountmanager bij een energiebedrijf compleet verzonnen bleek te zijn. In plaats daarvan lichtte hij datzelfde energiebedrijf op door voor honderdduizenden euro's stroom af te tappen om zijn wietplantages in leven te houden. 'Ik vond wel dat hij veel cash had', had Rianne achteraf gezegd. Irene kon niet geloven dat haar zusje zo naïef was geweest, maar ze had het afgeleerd er iets over te zeggen. Met Jacco had ze het er wel uitgebreid over gehad. Na al die jaren, en al die mannen, zou Rianne toch beter moeten weten. Irene zou willen dat haar zusje zichzelf een keer vermande en zou wegblijven bij die foute, half-criminele types die zich begaven in een wereld waar Rianne maar moeilijk van los leek te kunnen komen.

Zo vaak had Irene zichzelf wel voor haar kop kunnen slaan. Als zíj niet iets met Barry had gekregen, als zíj haar zusje niet had voorgesteld aan diens vriend Sef, dan was het misschien anders gelopen. Dan was Rianne niet terechtgekomen in die ongezonde relatie op een punt in haar leven dat ze toch al kwetsbaar was. Ze waren zussen, maar hun hersenen verschilden zoveel van elkaar dat het soms een wonder was dat ze elkaar toch nog begrepen. Irene was stabieler, minder te beïnvloeden. Verstandiger, ook. Dat vond zij niet alleen, dat vonden ze allebei. Rianne zat anders in elkaar. Irene dacht nog steeds dat het allemaal was terug te voeren op een diepgewortelde onzekerheid bij haar zusje. Een onzekerheid die maakte dat ze zich helemaal kon verliezen in iemand die sterk overkwam, dat ze zich daarbij wilde aansluiten. En ook dat ze gevoelig was voor mannen die haar behandelden als een prinses. Dat had Sef gedaan, in het begin. Daarna was het manipuleren begonnen, het uitkleden van Riannes zelfvertrouwen, het afhankelijk maken. Irene had lang nodig gehad om te accepteren dat ze niet had gemerkt hoe het met Rianne bergafwaarts was gegaan, terwijl ze er toch met haar neus bovenop stond. Zelfs nu, na al die jaren, speelde dat schuldgevoel nog mee. Als zij destijds Sef niet had geïntroduceerd, als zij beter had opgelet, als zij Rianne tot een ander inzicht had kunnen brengen...

Jacco vond dat ze dat moest loslaten. Rianne was uiteindelijk bij Sef weggegaan en met de nodige therapie was haar zelfvertrouwen weer hersteld. Maar nog steeds speelde die eeuwige onzekerheid haar parten. Die onzekerheid die maakte dat ze altijd viel voor de sterke mannen, de alfa's. De mannen die haar een geweldig gevoel gaven en haar uiteindelijk altijd weer in de steek lieten, omdat ze nu eenmaal eeuwige jagers waren.

Helaas ging die onzekerheid nog verder dan dat. Haar zusje had zoveel talenten en toch had ze nooit een studie afgerond of een baan met potentie gehad. Ze redde zich prima, dat was het probleem niet. Ze had altijd wel een los-vast baantje en zat nooit zonder geld, maar Irene wist dat Rianne zoveel meer in haar mars had. Misschien zou ze dat zelf ook nog eens gaan inzien. Gewoon een leuke man en een leuke baan, dat gunde ze haar zusje.

Soms dacht ze dat ze zelf geluk had gehad. Geluk dat ze na die paar maanden met Barry tot inkeer was gekomen. Het was spannend geweest – hij was spannend geweest, vooral – maar de wereld waarin hij leefde was niet haar wereld. Als ze iets had geleerd, was dat het. Nog altijd dacht ze niet graag terug aan hoe het toen was afgelopen. Die ene dramatische avond had haar voor altijd veranderd. Lange tijd had ze dat als iets negatiefs gezien, als een trauma zelfs. Maar langzaamaan was ze erin geslaagd dat beeld te veranderen. Nee, ze was niet meer dezelfde. Ze was wijzer geworden. Het was een harde les geweest, maar wel een duidelijke. Was ze spiritueler van aard geweest, dan had ze misschien geloofd dat het leven haar een belangrijke les had willen leren. Eentje die ze uiteindelijk tot zich had genomen. En toen was ze Jacco tegengekomen.

'Dat wil je toch wel?'

'Hm?' vroeg Irene, toen ze zich had gerealiseerd dat

Rianne haar voor de tweede keer dezelfde vraag stelde. Haar zusje had haar hoofd schuin gehouden en haar afwachtend aangekeken. 'Wat?' vroeg Irene.

'Verder met Jacco', had Rianne gezegd. 'Dat wil je toch wel?'

Irene had geknikt en dat ook gemeend, al had ze ergens in zich ook een bepaalde weerstand gevoeld. Ja, ze wilde verder, maar nog meer dan dat wilde ze dat het allemaal nooit was gebeurd. Dat Jacco hun leven samen niet ingewikkeld had gemaakt, niet overhoop had gegooid op een manier die niet zomaar te herstellen was. Ze was boos en bang, maar ook vond ze het zo zonde dat alles wat ze hadden, hun leven, hun geluk, nu besmeurd leek te zijn. Het was niet nodig geweest. Ze wilde heus geloven dat ze in een moeilijke periode zaten, dat ze meer tijd aan elkaar hadden moeten besteden. Maar vreemdgaan... Het maakte het alleen maar moeilijker. Als er een wake-upcall nodig was geweest, dan toch niet op deze manier?

'Ik hoop dat ik het kan', had ze tegen Rianne gezegd. 'Op dit moment heb ik het gevoel dat ik hem nooit meer helemaal zal kunnen vertrouwen. Hopelijk wordt dat beter.'

'Dat zal ook van hem afhangen. Hij zal je het vertrouwen moeten teruggeven.'

'Ja.' Irene had geknikt en over die woorden nagedacht. Dat zou Jacco inderdaad moeten doen.

Vooralsnog vond ze het lastig te bepalen of hij daar veel moeite voor deed. Hij had zich zeker schuldig gevoeld en hij was het onderwerp niet uit de weg gegaan, maar ze vroeg zich af of hij echt wist hoezeer haar vertrouwen was beschadigd. 'Het komt te voet en gaat te paard', had ze op een bepaald moment gezegd, maar daarop had

Jacco geantwoord dat het ook haar eigen keuze was hoe ze dat zag. Op zulke momenten vond Irene dat hij er wel erg makkelijk overheen stapte. En zo waren er wel meer momenten. Toen hij vorige week had gezegd dat hij naar de afscheidsborrel van een collega ging en daardoor later thuis zou zijn, vond hij het vreemd dat Irene achterdochtig had gereageerd.

'Als die vrouw weer opduikt, weet ik echt wel beter', was zijn antwoord geweest, nonchalant uitgesproken.

'Hij is een man', was Riannes reactie geweest. 'Mannen denken anders.'

'Zíjn we er nu al eens?' Stefs verveelde stem vanaf de achterbank haalde Irene uit haar gedachten. 'Mijn iPad is leeg.'

'Nog even', zei ze. Ze keek naar buiten en schoof haar zonnebril van haar haar naar haar neus. Ze hadden inmiddels de snelweg verlaten en Jacco remde af. Er stond een file voor het tolpoortje en toen ze daardoorheen waren, konden ze aansluiten bij een opstopping op de provinciale weg. De Spaanse autoriteiten hadden deze dag niet voor niets als zwarte zaterdag aangemerkt. In Frankrijk was het al absurd druk geweest en de lokale wegen in Spanje konden de toestroom van het vakantieverkeer niet aan. Irene zag de ene na de andere Nederlandse nummerplaat. Ineens werd ze overvallen door een gevoel van zinloosheid. Tot een maand geleden had ze zo uitgekeken naar de zomervakantie. Nu kwam het haar voor als stompzinnig om je halve huisraad in de auto te stouwen en veertienhonderd kilometer over te drukke wegen naar Spanje te rijden. Waarvoor? Een break uit je normale leven? Ze wilde dat het mogelijk was. Ze wilde echt dat ze met het vervliegen van de kilometers onder de banden van de auto de dagelijkse beslommeringen ver achter zich had gelaten. Zo had het altijd gewerkt. De drukte in de periode voorafgaand aan de vakantie was ze na twee dagen vergeten. Het grote ontspannen begon doorgaans zodra ze zich uitstrekte in de zon. En misschien wel eerder. Met een laat glas wijn op het terras van een fantasieloos maar functioneel weghotel langs de Route du Soleil, na een lange dag rijden. Zelfs uit zulke kleine dingen had ze altijd het vakantiegevoel kunnen halen. Maar ze wist heel goed dat ze dit jaar behalve een auto vol spullen ook een hoofd vol bagage had meegenomen. En die zou echt niet verdwijnen onder de Spaanse zon. Dit jaar was het anders.

Hoofdstuk 3

'Mogen we zwemmen, mam?' met haar hoofd verscholen in de spullen in haar koffer was Nikki amper verstaanbaar. Niet dat het uitmaakte, ze wachtte het antwoord op de vraag toch niet af, maar ploegde door haar spullen, die op een slordige hoop naast haar op de vloer belandden. 'Waar is mijn badpak?'

'Bovenop', zei Irene, terwijl ze de rommel op de vloer met een zucht bekeek. 'Althans, dat was zo toen ik je spullen inpakte.'

'Hebbes!' Triomfantelijk trok Nikki een felroze badpak uit de koffer. Er kwam een hele stapel T-shirts mee, maar daar besteedde ze geen aandacht aan. 'Mogen we zwemmen? Ah, toe?'

'Ja, maar wel in het kleine zwembad hier om de hoek',

zei Irene. 'Ik wil niet dat jullie in je eentje naar het grote bad gaan.'

'Maar daar is een gave glijbaan!' riep Stef. 'Ik wil van de allerhoogste!' Om de hoogte van de glijbaan te demonstreren sprong hij met een gestrekte arm in de lucht.

'Mama en ik gaan eerst even uitpakken', bemoeide Jacco zich ermee. 'En daarna gaan we wel naar het grote zwembad.' Hij keek Irene aan en knipperde. 'Toch?'

Ze knikte half. 'Prima.'

Terwijl de kinderen zich met veel kabaal omkleedden, raapte Irene Nikki's kleding van de vloer. Ze opende de kleine kast in de slaapkamer van de kinderen en ordende de kleding voor ze die over de planken verdeelde. Voor de tent hoorde ze Nikki en Stef kibbelen over wie er als eerste op de opblaaskrokodil mocht. Jacco's kalme stem kwam tussenbeide om de ruzie te beslechten en daarna werd het stil.

Irene keek op haar horloge. Het liep tegen vijven, ze hadden het laatste deel van de rit toch nog relatief snel afgelegd. De kinderen waren gaan joelen toen ze het logo van de camping op de borden ontdekten en vijf minuten later waren ze dol van enthousiasme bij de receptie uit de auto gesprongen. Irene had de lange rij wachtenden met lede ogen bekeken – het nadeel van een grote en populaire camping – maar uiteindelijk waren ze al na tien minuten aan de beurt geweest. Nog eens tien minuten later had Jacco de auto geparkeerd achter de vooropgezette tent op een rustig gedeelte van de camping. Nikki en Stef hadden meteen vol blijdschap vastgesteld dat ze op kruipafstand van een zwembad zaten. Dat het een ondiep bad was dat vooral bij kleuters populair was, mocht de pret niet drukken. Irene moest glimlachen om hun blijdschap. Al sinds ze baby waren, waren de kinderen echte waterratten.

'Die twee zien we voorlopig niet terug.' Pas toen Jacco's stem haar uit haar gedachten haalde, besefte Irene dat ze met een stapeltje kleding in haar hand stilstond voor de kast. Ze begon te redderen met de spullen.

'Zal ik de rest van de spullen uit de auto halen terwijl jij de tent inruimt?' vroeg Jacco.

Ze knikte en Jacco verdween weer uit de kleine slaapkamer die voor de kinderen was bedoeld. Vlug raapte Irene de laatste kleding van de vloer en stopte die in de kast. Daarna borg ze de koffers op onder het stapelbed. Tegen de tijd dat ze naar buiten liep, had Jacco al een paar tassen vol speelgoed, proviand en hun eigen kleding onder de overkapping voor de tent gezet. Irene pakte een grote boodschappentas op en liep naar binnen om de inhoud ervan in een keukenkastje op te bergen. Buiten hoorde ze Jacco's voetstappen, gevolgd door een zachte plof toen hij nog meer spullen neerzette. Als ze in dit tempo doorgingen, zouden ze binnen een uur alle bagage hebben uitgepakt.

Een geolied team, die term schoot door haar hoofd. Dat waren ze altijd geweest. Een werkende machine, op elkaar ingespeeld, zelden gehinderd door strubbelingen. Ze had zoveel vriendinnen die wekelijks, of zelfs dagelijks, met hun man ruzieden over de verdeling van taken in het huishouden of de invulling van vrije tijd – waarbij het meestal de man was die de tijd voor zichzelf simpelweg opeiste. Irene was altijd blij geweest dat zij en Jacco dat soort clichéruzies niet hadden. En het kostte niet eens moeite om die strijd te vermijden, op een of andere manier leek het altijd vanzelf goed te gaan. Een gegeven waar ze nooit erg lang bij had stilgestaan.

Ze slikte. Als ze eerlijk was, kon ze maar weinig binnen hun relatie bedenken waarbij ze wel lang had stilgestaan. Ze sloot even haar ogen bij die gedachte, maar verdrong hem daarna. Al die uren die ze al piekerend over haar huwelijk had doorgebracht. Wat schoot je ermee op? Ondanks alles wilde ze nu ook gewoon van de vakantie kunnen genieten. In Nederland regende het, had Rianne net geappt. Hier aan de Costa Brava was het bijna dertig graden. Dat was op zichzelf al iets om blij van te worden.

Ze haalde diep adem en liep naar buiten om de volgende tas met spullen te pakken. Het was fijn om iets te doen te hebben. Ze werkte hard door en inderdaad, nog voor zessen hadden ze alles uitgepakt. De keuken en de kledingkasten waren ingeruimd, in de kleine badkamer stonden vier toilettassen keurig op een rijtje en in een hoekje onder het schuine tentdoek naast de keuken had Irene een speelplek gecreëerd. Het zou vast niet lang meer duren voor Nikki de poppen en barbies was ontgroeid, maar nu kon haar dochter zich er nog prima mee vermaken. Datzelfde gold voor Stef en zijn grote collectie auto's en vliegtuigen. Als het aan hem had gelegen, hadden ze de hele auto volgestopt met zijn speelgoed.

'De kinderen hebben de grootste lol', zei Jacco, die de tent binnenkwam. 'Ik ben even gaan kijken. Ze willen er nog lang niet uit. Inmiddels hebben ze het zwembad bijna voor zichzelf.' Hij hield een plastic tasje met daarop het logo van de camping omhoog. 'Zullen we wat drinken? Ik heb wijn en wat lekkere kaasjes gekocht.'

Irene knikte. Ze keek toe hoe Jacco een kastje opende

en wijnglazen tevoorschijn haalde. Hij schonk rosé in voor hen allebei en legde de kaas op een schoteltje. Daarna nam hij alles mee naar buiten en zette het op de lage salontafel onder de overkapping voor de tent. Irene nam plaats op de loungebank.

'Deze veranda is echt heerlijk', zei Jacco, terwijl hij ging zitten. 'Weet je nog dat we vorig jaar echt uren op die bank hebben doorgebracht?'

Irene knikte en glimlachte bij de herinnering. Sinds ze deze camping – en vooral de mooie tenten – hadden ontdekt, waren de vakanties met de kinderen echt een feest. Zowel de tent als de camping was helemaal ingericht op kinderen en aan vriendjes was er al helemaal nooit een gebrek.

Ze keek om zich heen. De veranda was gecreëerd doordat het tentdoek na de voorflap een heel stuk was doorgetrokken. Bij een meer traditionele tent zou het waarschijnlijk gewoon als luifel door het leven zijn gegaan, maar als je meer dan tweehonderd euro per nacht betaalde voor je accommodatie, heette zoiets ineens een veranda. Niet alleen het tentdoek, ook de plankenvloer was vanuit de tent doorgetrokken. Onder de veranda stonden een loungebank en twee luie stoelen, en er was ook een tafel waar je met gemak met z'n zessen aan kon eten. Niet dat ze van plan was om hele diners in elkaar te draaien. Juist niet, koken liet ze op vakantie graag aan Jacco over. Hij mocht graag barbecueën en met een salade erbij had je dan een maaltijd die voorlopig niet zou vervelen.

Ze glimlachte bij het vooruitzicht. Dit waren de dingen waarnaar ze altijd zo uitkeek op vakantie. De hele dag met elkaar zijn, alle tijd om leuke dingen te doen, te praten, lol te maken. En dan aan het einde van de dag de barbecue aan, snel wat maken in de keuken en lekker lang aan tafel zitten, met de kinderen of zonder hen, als zij na het eten niet konden wachten om weer te gaan spelen. Ze had zich echt voorgenomen om wat er was gebeurd niet het fijne vakantiegevoel te laten overschaduwen. Nu nog even hopen dat dat ook zou lukken.

'De enige die kan zorgen dat de vakantie er niet door wordt verpest, ben jij.' Die woorden kwamen niet voor het eerst in haar op. Het was Rianne geweest die ze had uitgesproken, aan de telefoon, minder dan een week geleden. Ze had ze in haar hoofd geprent en zich voorgenomen zich eraan te houden. Wat dat betreft was het ook wel prettig dat haar zusje morgen naar Spanje kwam, dan kon die haar er af en toe aan herinneren.

Ze was blij dat ze Rianne over Jacco's ontrouw had verteld. Rianne zou de eerste week van de vakantie bij hen zijn, daarna ging ze terug naar Nederland. Irene wist dat ze niet in staat zou zijn een week lang de schijn op te houden tegenover iemand die haar zo goed kende. Jacco en zij deden normaal tegen elkaar – beleefd, als je het zo wilde noemen – maar wie beter keek zag ook dat er een bepaald ongemak speelde. Althans, zo ervoer Irene het. Ze wist niet of dat voor Jacco ook gold. Maar Rianne zou het zeker oppikken, die was zo gevoelig voor sfeer.

'Zal ik anders maar thuisblijven?' had Rianne vorige week nog gevraagd. 'Ik kan me voorstellen dat jullie nu tijd met elkaar willen.'

Omdat Irene hier geen gedoe over wilde, had ze het met Jacco besproken. Die had verbaasd gekeken. 'Hoezo? We hebben dit toch afgesproken?'

Dat was typisch Jacco. Afspraak was afspraak en daar

kwam hij niet op terug. Bovendien had hij echt niet begrepen wat Rianne had bedoeld. 'Volgens mij houden we nog genoeg tijd voor elkaar over', had hij gezegd. 'Als zij weg is, blijven wij nog twee weken.'

Irene had de komst van haar zusje ook niet willen afzeggen. Ze vond het gewoon gezellig als Rianne er was. De kinderen waren dol op hun tante en bovendien gunde Irene haar een leuke vakantie. Rianne zelf ging nooit op vakantie, omdat ze daar het geld niet voor had. Jacco had weleens gezegd dat ze dat geld best zou kunnen hebben als ze wat meer haar best deed en hoewel Irene dat niet wilde ontkennen, voelde ze ergens ook bijna een morele verplichting om haar eigen rijkdom met haar zusje te delen. Het was niet rationeel, maar ergens had ze het gevoel dat zij op een vreemde manier debet was aan de moeilijkheden van Rianne. 'Omdat jij haar ooit aan die foute gast hebt voorgesteld?' had Jacco een keer gevraagd, toen Irene had geprobeerd het uit te leggen. 'Was het niet haar eigen keuze om een relatie te beginnen?'

Daar had hij natuurlijk gelijk in en Irene had niet verder geprobeerd het uit te leggen. Het maakte ook niet echt uit wat haar beweegredenen waren. Zij en Jacco hadden het financieel goed, als kinderarts had Jacco bepaald niet te klagen over zijn inkomen. Irene vond het leuk dat ze dat op deze manier met haar zusje kon delen. Het liefst zou ze ook nog Riannes vliegticket betalen, maar daar had Jacco een stokje voor gestoken. 'Het gaat niet om het geld', had hij gezegd, toen Irene daartegen had geprotesteerd. 'Maar het is goed voor haar dat ze zich zelfstandig voelt. Anders heeft ze de hele tijd het idee dat ze dankbaar moet zijn en op de kinderen moet passen.'

Irene keek naar haar man, die ontspannen achteroverleunde met zijn wijnglas in zijn hand. Ze boog naar voren en sneed een stukje kaas af, dat ze in haar mond stopte. Het smaakte pittig en zilt. Jacco had een boek gepakt, dat hij dichtgeslagen op zijn schoot liet liggen. Irene keek ernaar. Iets over Amerikaanse presidenten. Zelf had ze een paar thrillers bij zich, maar ze had nog geen zin om te lezen. Er liep een familie voorbij, twee ouders voorop en een opa en oma die een bolderkar vol spullen en een schaterende peuter voorttrokken. Twee pubers sloten de rij. Irene volgde het groepje met haar blik.

'Zal ik morgen naar Girona rijden om Rianne op te halen?' vroeg Jacco. 'Als ik de kinderen meeneem, heb jij wat tijd om relaxed een boek te lezen.'

Irene keek aarzelend. 'Dat is lief van je, maar ik heb Nikki en Stef eigenlijk al beloofd dat ik zou gaan. Nikki wilde naar dat winkeltje met die armbandjes.'

Jacco grinnikte. 'Als het om shoppen gaat, zijn jullie allebei onverbeterlijk.'

'Ik geloof dat ik mijn genen heb doorgegeven', glimlachte Irene. Vorig jaar had Nikki in een winkeltje in Girona een mooi, zilveren armbandje gekocht. Toen ze het na een paar maanden kwijtraakte, was ze ontroostbaar geweest. Irene had haar dochter beloofd dat ze een nieuwe zouden kopen in hetzelfde winkeltje en Nikki was het type niet om zoiets te vergeten.

'Dan ga ik in de tussentijd wel even naar de supermarkt en naar de slager', zei Jacco. 'Die zijn op loopafstand. Hoe laat komt ze eigenlijk aan?'

Irene pakte haar telefoon. Ze opende WhatsApp en vond het bericht van haar zusje waarin ze haar vliegtijden deelde. 'Twee uur', las ze voor. 'Het is iets meer dan drie kwartier rijden en we moeten nog even langs dat winkeltje. Ik ga rond twaalf uur weg, dan ben ik wel op tijd.'

Jacco knikte wat en humde instemmend. 'Verklaar me maar voor gek, maar ik kan me echt verheugen op het doen van de boodschappen', zei hij toen. 'In Nederland vind ik daar niets aan, maar in het buitenland is het altijd een belevenis. Weet je nog die markt waar ze hele inktvissen verkochten?'

'O ja!' Irene gruwde bij de herinnering. De beesten hadden daar maar glibberig gelegen en ze had het idee dat ze haar met z'n allen hadden aangestaard. Zelf was ze snel doorgelopen, maar Jacco had ze uitgebreid bewonderd. Dat gold ook voor het hele scala aan vissen dat op ijs uitgestald lag. En als hij klaar was bij de viskraam, ging hij door naar de slager, waar hij ook verlekkerd voor de vitrine kon staan. Irene vond het leuk dat hij zoveel enthousiasme kon opbrengen voor het vinden en bereiden van het lekkerste eten. Zeker op vakantie plukte ze daar zelf de vruchten van. 'Als jij drie weken kookt, kom ik zes kilo zwaarder terug', zei ze lachend.

Jacco haalde zijn schouders op. 'Maar het eten is hier wel geweldig, dus het is het waard.'

'Ja.' Irene glimlachte. Haar blik haakte in die van Jacco. Irene had het gevoel dat er iets gezegd moest worden, maar geen van beiden deden ze hun mond open. Uiteindelijk legde Jacco zijn boek aan de kant. 'Ik ga even bij de kinderen kijken.'

Irene zette haar wijnglas neer en staarde hem na toen hij wegliep. Alles aan hem was zo vertrouwd. Zijn manier van lopen – rechtop, waarbij hij bij elke stap een klein schopje met zijn voet deed –, hoe hij zijn hand in de zak van zijn korte broek had gestopt, zijn schouders die wat afhingen waardoor zijn nek lang leek. Hoe vaak had ze haar hoofd niet begraven tussen zijn nek en schouder, 's avonds naast hem in bed.

De laatste weken had ze dat niet gedaan. Ze had zich in bed vaak van hem af gedraaid, hoewel ze het miste om tegen hem aan te liggen. Daarin was haar gevoel zo dubbel dat ze zelf niet goed wist wat ze ermee aan moest.

'Ik wil niet scheiden', had Jacco gezegd toen ze die avond was thuisgekomen van haar etentje met Rianne. 'Ik wil dit niet kwijt. Ons, het gezin, alles.'

Er waren duizend dingen door haar hoofd geschoten. Dat hij daar eerder over na had moeten denken, waarom hij dan alles in de waagschaal had gelegd. Maar ze had niets gezegd, alleen geknikt. 'Ik moet nadenken', was haar reactie geweest.

Achteraf besefte ze dat ze aan dat nadenken niet echt was toegekomen. Het zat vaak in haar hoofd, dat wel. Een dof gevoel dat klopte in haar lijf. Ze had verwachtingen gehad van Jacco. Hoe hij zich dagelijks zou uitputten in excuses en de benen uit zijn lijf zou lopen voor haar. Achteraf besefte ze dat die verwachtingen het recept voor teleurstelling waren. Jacco reageerde zoals hij was: kalm, berustend, nadenkend. Hij gaf haar ruimte, drong niet aan.

De eerste dagen had ze niet geweten hoe ze de tijd moest doorkomen. Er zat een bal in haar buik die niet kleiner leek te worden. Ze kon niet eten, dronk alleen liters koffie om in elk geval haar ogen open te houden na een paar doorwaakte nachten. Maar, zoals dat ging, met het terugkeren van het dagelijks ritme verdween de heftigheid van haar emoties ook naar de achtergrond. Ze moest functioneren, haar werk doen, alles afronden voor de vakantie, voor zichzelf, voor haar collega's. Ze deed alsof ze werd gedreven door plichtsbesef, maar ergens was het prettig om haar focus helemaal naar haar werk te verplaatsen. Jacco had het zoals gewoonlijk druk gehad in het ziekenhuis en was vaak pas laat thuisgekomen. Dan hadden ze wat gedronken en over de dag gepraat om vervolgens te gaan slapen.

'Als je wilt scheiden, moet je gaan.' Nog zo'n nuchter inzicht van Rianne. 'Als je niet wilt scheiden, moeten jullie dit oplossen.'

Irene nam een slok van haar wijn, en toen nog eentje. Haar blik dwaalde over het veldje, waar gezinnen gezellig zaten te eten voor hun tent. De geur van barbecue dreef over de camping en maakte haar hongerig. Er klonk een liedje dat ze vaag herkende. In de verte zag ze Jacco weer aankomen. Ze liep naar de koelkast en schonk hun glazen bij. Daarna staarde ze naar hem terwijl hij haar kant op liep.

Hoofdstuk 4

'TANTE RIANNE! HIER ZIJN WE!' NIKKI EN STEF SPRONGEN op en neer en zwaaiden uit alle macht toen ze hun tante ontwaarden tussen de reizigers. 'Tante Rianne! Kijk!'

Het was druk in de aankomsthal en het duurde even voordat Riannes zoekende blik hen had gevangen. Toen zwaaide ze vrolijk terug en liep hun richting uit, haar rolkoffertje achter zich aan.

De kinderen bleven maar springen en Rianne strekte haar armen om hen allebei tegelijk op te vangen. 'Ha schatten van me', zei ze, en ze drukte haar neus eerst in het haar van Nikki en daarna in dat van Stef. 'Wat heerlijk om jullie te zien', zei ze, alsof het weken geleden was. In werkelijkheid had ze hen vier dagen geleden nog uitgezwaaid. Irene vond het altijd leuk om te zien hoe sterk de band tussen haar zusje en haar kinderen was.

'Hé lieverd.' Irene stak haar armen uit en omhelsde Rianne. Haar donkere haar viel zoals gewoonlijk golvend over haar schouders en ze rook naar een combinatie van zonnebrand en kokos.

'Ik heb me al ingesmeerd', zei haar zusje grinnikend, toen Irene er een opmerking over maakte. 'Mijn doel is om zo snel mogelijk met deze twee in het zwembad te plonzen.'

Nikki en Stef begonnen te juichen en lachend zette Rianne koers in de richting van de uitgang. Ze had aan elke hand een kind, trots liet Nikki haar nieuwe armbandje zien. Irene trok het rolkoffertje achter zich aan. Glimlachend luisterde ze naar het opgetogen gebabbel van haar kinderen.

'Hoe gaat het?' vroeg Rianne, toen de kinderen voor haar uit renden en zij even haar pas had ingehouden zodat ze naast Irene kwam te lopen. 'Hoe was de reis?'

Irene haalde even haar schouders op. 'Prima', zei ze toen. 'We doen allebei normaal.'

'Hetzelfde als thuis dus', concludeerde Rianne. Ze deed haar mond open om nog iets te vragen, maar de kinderen hadden zich omgedraaid en kwamen nu weer in volle vaart op hen af. 'Tante Rianne, je moet echt het zwembad op de camping zien!' riep Stef. 'Het is heel groot en er is een supergave glijbaan. Hij gaat heel hard en mama durft er niet vanaf.'

'Nee', zei Irene en ze gruwelde overdreven. 'Mij te hoog.'

Haar zusje grinnikte. 'Ha, jullie tante Rianne durft alles! Laten we straks maar meteen gaan, want ik ben nu wel heel benieuwd.'

Eenmaal op de camping bleken de kinderen die belofte natuurlijk niet vergeten te zijn. Irene probeerde hun enthousiasme nog wat te temperen door te zeggen dat hun tante eerst nog wilde uitrusten, maar Rianne schudde lachend haar hoofd. 'Nee joh, geen probleem. Ik ga graag met ze naar het zwembad.' Ze keek naar haar neefje en nichtje. 'Hebben jullie je zwemkleding al aan?'

Zoals wel vaker was Irene verbaasd te merken hoe snel Nikki en Stef zich konden omkleden als ze iets graag wilden. Als ze naar school moesten, kostte het ze vaak tien minuten om een simpele spijkerbroek aan te trekken, maar nu lagen hun kleren binnen een minuut overal en had Stef zijn zwembroek al in zijn hand. Nikki trok haar shirt over haar hoofd en gooide het op de bank om daarna naar binnen te hollen op zoek naar haar badpak.

'Klaar!' verkondigde het tweetal even later triomfantelijk. 'Zullen we gaan?'

'Eén minuut.' Rianne verdween naar binnen en kwam al snel daarna terug in een felgele bikini en met een kleurrijke doek bij wijze van rok om haar middel geknoopt. Ze had een grote zonnebril op haar neus en een flesje water in haar hand.

'Oké, laten we gaan', zei Rianne, die bijna geheel was verdwenen achter de opblaaskrokodil en een feloranje luchtbed.

'Ik ga met je mee.' Irene pakte een stapeltje badhanddoeken. 'Tot straks', zei ze tegen Jacco, die humde bij wijze van antwoord.

Het was druk bij het grote zwembad, maar gelukkig vonden ze nog net twee vrije ligbedden. De kinderen vertrokken meteen naar het water, Irene spreidde hun handdoeken uit over de stoelen. Ze keek op haar horloge, het liep tegen halfvijf. 'Zal ik twee wijntjes halen?'

'Lekker', knikte haar zusje. 'Dan ga ik zwemmen met die twee stuiterballen.'

Met veel gejoel dook Rianne met Nikki en Stef in het water. 'Wie het eerst bij de glijbaan is!' hoorde Irene haar roepen, waarna haar zusje met grote vaart in die richting begon te zwemmen.

Irene liep naar de bar, bestelde twee wijn en kreeg de drankjes mee in glazen van doorzichtig plastic. Ze liep terug naar haar stoel en toen ze ging liggen, draaide ze haar gezicht naar de zon. Ondanks het heerlijke weer, het zwembad, de camping en de kinderen die overduidelijk genoten, had ze zelf het vakantiegevoel nog niet helemaal te pakken. Het was makkelijk om te verzanden in gepieker en het zware gevoel dat haar soms in zijn greep hield, maar ergens wist ze dat ze ook de keuze had om de knop om te zetten. Dat was niet makkelijk en helemaal ontsnappen aan haar eigen gevoel, dat ging niet. Maar ze wilde ook niet de vakantie laten verpesten door wat er was gebeurd.

'Zo.' Kletsnat liet Rianne zich op de stoel naast die van Irene ploffen. Ze knikte goedkeurend toen ze het bekertje witte wijn ontdekte. Met het plastic tegen elkaar proostten ze. 'Ah, lekker.'

Even staarden ze allebei voor zich uit. Het was druk in het zwembad en Irene was de kinderen uit het oog verloren. Ze strekte haar nek en ontdekte toen eerst Nikki en daarna Stef bij de glijbaan. Ook al hadden ze allebei een zwemdiploma, in zo'n groot en druk zwembad wilde ze toch voortdurend weten waar ze waren.

'Hebben jullie het er eigenlijk veel over?' vroeg Rianne. Ze keek Irene aan, maar die staarde naar het zwembad, terwijl ze kort haar schouders ophaalde.

'Niet echt.' Ze streek een haarlok uit haar gezicht, dacht even na en haalde toen diep adem. 'Helemaal niet, eigenlijk. Soms denk ik dat Jacco het al vergeten is.'

'Hij is een man. Praten hoort niet tot hun grootste talenten.' Rianne zei het met iets vrolijks in haar stem. Irene glimlachte, maar knikte niet. Praten was juist iets wat zij en Jacco altijd goed hadden gekund.

'Heeft hij er spijt van?' vroeg Rianne.

Irene draaide haar bekertje rond in haar handen. 'Dat heeft hij wel gezegd. En hij heeft haar geantwoord dat ze hem met rust moet laten.'

'Heeft ze daarop geantwoord?'

'Geen idee. Hij heeft haar geblokkeerd.'

'Hm.' Rianne keek nadenkend. 'Vind je dat hij vaker had moeten zeggen dat hij spijt heeft?'

Opnieuw haalde Irene diep adem. 'Nee, dat vind ik niet. Maar met het blokkeren van die vrouw lijkt het alsof hij een punt heeft gezet. Zo van: dat was dat en nu gaan we verder. Maar dat betekent niet dat alles voor mij vergeten is.'

'Je verwacht meer van hem?'

Irene knikte langzaam. 'Ja, eigenlijk wel.'

'Als je iets verwacht, moet je dat uitspreken', zei Rianne. 'Hij kan niet ruiken dat jij iets anders nodig hebt dan hij je nu geeft.'

Fronsend keek Irene haar zusje aan. Ze praatte als een volleerd relatietherapeut. 'Wat?' vroeg Rianne, toen ze de blik van haar zus opmerkte. 'Het is waar. Verwachtingen zijn de bom onder je relatie. Ze blazen alles op, veel meer dan ontrouw.'

Irene glimlachte even en vroeg niet waar Rianne die

wijsheid vandaan had. Haar zusje had in dit geval natuurlijk gelijk. Het probleem was alleen dat ze haar verwachtingen niet wilde uitspreken. Ze wilde niet dat Jacco met haar erover zou praten, dat hij zou vragen hoe ze zich voelde, dat hij sorry zou zeggen alleen maar omdat zij had gevraagd of hij dat wilde doen. Ze wilde dat hij het uit zichzelf deed, omdat híj erover wilde praten, omdat híj sorry wilde zeggen.

'Ik begrijp het gewoon niet.' Irene schudde haar hoofd. 'Nooit zou ik zoiets achter Jacco hebben gezocht. Zoiets... fouts.'

'Jacco is geen foute man', zei Rianne stellig. 'Niet zoals Barry.'

'Nee.' Irene schudde haar hoofd en haalde diep adem. Ze moest altijd even schakelen als ineens de naam van haar ex werd genoemd. 'Natuurlijk niet. Maar dit had ik in geen duizend jaar van hem verwacht.'

'Ik ook niet.' Rianne schudde peinzend haar hoofd. 'Dat is het vreemde. Jacco is zo...' Ze zocht even naar het juiste woord. 'Zo degelijk', zei ze toen.

Irene blies haar adem uit via haar neus. Hoewel ze het geen leuk woord vond om haar man te beschrijven, begreep ze wel wat haar zusje bedoelde.

'Daar heb je hem juist op uitgezocht', zei Rianne half grappend. 'Ik bedoel, na Barry...'

Irene trok met haar mond. Ze knikte en dacht vluchtig aan dertien jaar geleden. 'Die heeft me in elk geval nooit bedrogen.'

'Dat weet je niet.' Rianne keek haar aan. 'Hij deed zoveel wat verboden was, misschien had hij er wel tien vrouwen naast.'

Irene haalde haar schouders op. Die tijd lag zo ver achter haar, dat het geen jaren, maar eeuwen geleden leek. 'Toen was het anders', zei ze, zonder zelf te weten wat ze bedoelde. 'Het had me toen misschien niet eens uitgemaakt. En een goede relatie kon je het toch niet noemen.'

'Nee.' Rianne glimlachte cynisch. 'Dat kun je wel stellen.'

Irene liet haar blik afdwalen. Niet ver bij hen vandaan was een jonge moeder bezig een babytweeling in zwemkleding te hijsen. De kindjes – te oordelen aan hun precies dezelfde haarbandjes beiden meisjes – konden kennelijk net kruipen en waren niet van plan stil te blijven zitten. Irene glimlachte, omdat het een koddig gezicht was, al had ze te doen met de moeder.

Langzaam liet ze haar gedachten teruggaan naar vroeger, iets wat ze bijna nooit meer deed. Een ander leven, dat was het. Een leven dat in geen enkel opzicht te maken had met wat ze nu had met Jacco en de kinderen. Nee, het was geen goede relatie geweest. En dat was een enorm understatement. Het was geëindigd toen Barry haar bijna wurgde en uiteindelijk zelf overleed. Veel van haar herinneringen uit de dagen rondom die dramatische gebeurtenis waren verdwenen. Wat er nu nog in haar herinnering zat, had ze aan elkaar gelegd van de flarden die ze zelf nog in haar hoofd had en de invulling die anderen hadden gegeven.

Achteraf had ze zich vaak afgevraagd hoe het was gekomen dat ze voor Barry was gevallen. Hoe een meisje uit een stabiel gezin, hardwerkend op het vwo, terecht was gekomen in een scene van kansloze jongeren die het aan de wil ontbrak om iets van hun leven te maken. De plotselinge dood van haar vader op haar zeventiende had in elk geval veel impact gehad, dat wist ze zeker. Ze was dol op hem geweest, een vaderskindje vanaf dat ze baby was. Van de ene op de andere dag was hij er niet meer. Een hartaanval in zijn slaap, de beste manier om dood te gaan, maar op zijn vijfenvijftigste minstens dertig jaar te vroeg.

Zijn dood kwam ook nog eens op een lastig moment. Ze had het zwaar op het vwo, moest knokken voor iedere voldoende. Het verlies van haar vader had haar haar diploma gekost, nog voor het eindexamen werd ze teruggezet naar de havo. Na de eerste teleurstelling was er strijdlust geweest: dan maar met een havodiploma naar het hbo en na een jaar alsnog naar de universiteit, had ze geroepen. De herinnering aan haar vader hield haar daarbij op de been. Ga voor het beste wat je kunt, had hij haar altijd voorgehouden. Het maakt niet uit als het niet lukt, als je maar weet dat je je best hebt gedaan.

Maar die strijdlust was langzaam maar zeker verdwenen. Wat ervoor in de plaats was gekomen was een gevoel dat Irene van zichzelf nog niet had gekend. Een soort algehele boosheid op de wereld, op de oneerlijkheid dat haar vader was weggerukt terwijl er zoveel mensen mochten blijven die hun leven vergooiden. Achteraf gezien had ze weleens gedacht dat ze misschien depressief was geweest, maar niemand had dat ingezien, ook zijzelf niet. Het was sowieso makkelijker geweest om te vluchten in uitgaan, waarbij ze drank niet schuwde. Met de trein reisde ze regelmatig van Alphen aan den Rijn, waar ze was opgegroeid, naar Den Haag of Amsterdam om te gaan stappen. Al snel maakte ze nieuwe vrienden, niet in de laatste plaats verbonden door eerst alleen drank, maar later ook softdrugs.

Als ze nu terugkeek had ze er spijt van dat ze daar ooit aan was begonnen. Haar eerste joint had ze heel vies gevonden. High zijn was verschrikkelijk. Alleen omdat de rest zei dat het leuk was, had ze ook die tweede, derde, vierde gerookt en toen was het ineens een gewoonte dat ze regelmatig blowde. Ze was het nooit echt lekker gaan vinden.

Van het een was het ander gekomen en dat was sneller gegaan dan ze zelf door had gehad. Eerst had Irene het maar wat interessant gevonden, het nieuwe groepje waarin ze terecht was gekomen. Het blowen was natuurlijk niet goed, maar de leeftijdsgenoten met wie ze toen omging, waren op zichzelf geen beroerde mensen. Niet al te gemotiveerd voor school, nee, maar wel op het rechte pad. Tot Barry zich bij het groepje had gevoegd. Hij had zijn pijlen gericht op Irene en zij had zich gevleid gevoeld. Hij was vijf jaar ouder, wereldwijs en knap op een rauwe manier. Iemand voor wie de meisjes zich omdraaiden. Maar hij wilde die meisjes niet, hij wilde haar. Toen Irene een paar weken iets met hem had, had ze Rianne een keer meegenomen naar een feest van een vriend van Barry. Een van zijn andere vrienden, een jongen die Desandro heette en ongeveer alles deed wat Barry hem opdroeg, was ook aanwezig geweest en nog dezelfde avond waren die twee voor elkaar gevallen, maar binnen twee weken was Rianne Sef tegen het lijf gelopen.

Irene keek naar Rianne. Klein van stuk, maar met iets onverzettelijks dat ze altijd had gehad. Ze leek haar aandacht voor hun gesprek te zijn verloren. Lachend zwaaide ze naar Nikki en Stef, die haar vanuit het water riepen. 'Ik kom zo weer zwemmen!' riep ze terug toen het tweetal haar probeerde over te halen opnieuw van de glijbaan te gaan. Daarna leunde ze achterover op haar ligbed en draaide haar hoofd naar de zon. 'Wat is het hier heerlijk.'

Irene wilde iets zeggen, maar het volgende moment deed een bons op haar hoofd haar naar lucht happen. Er rolde iets langs haar gezicht naar beneden, het was felgekleurd en hard.

'Sorry, sorry.' Vanuit het zwembad kwam een Nederlandse man in looppas aangerend. 'Mijn fout. Ik heb nooit veel aanleg gehad voor voetbal.' Hij liep om hun stoelen heen en raapte de bal op. Toen keek hij Irene aan. Waterdruppels gleden vanuit zijn gemillimeterde haar over zijn gezicht. Onbewust viel haar blik op een grote tatoeage op zijn bovenarm. Ze kon de spieren eronder bijna zien bewegen. Haar blik ging terug naar de zijne. Hij keek geamuseerd, niet spijtig. 'Ik hoop niet dat ik je pijn heb gedaan.'

Irene schudde haar hoofd. 'Volgende keer even roepen, dan kop ik hem terug.'

'Zal ik doen.' De man glimlachte. Irene wachtte tot hij zijn blik zou afwenden, maar dat deed hij niet. 'Oké, eh...', zei hij en hij kuchte in zijn hand toen hun oogcontact ongemakkelijk werd. 'Ik ga maar weer verder met mijn nichtje leren hoe je niet moet voetballen.'

Irene glimlachte en stak haar hand op. Ze volgde de man met haar ogen en keek toe hoe hij zich joelend in het water liet vallen. Een meisje van Nikki's leeftijd stond er schaterlachend naast. Nikki en Stef keken toe van een paar meter afstand. De man wenkte hen en nog twee jongetjes. 'Jullie mogen wel meedoen, hoor. Je moet alleen niet bij mij in het team komen, want dan verlies je geheid.' Irene keek grinnikend toe hoe de bal voor de tweede keer alle kanten op ging behalve de goede. Ze vroeg zich af of de man het expres deed om de kinderen aan het lachen te maken. Met een grote plons dook Stef achter de bal aan.

'Ik geloof dat ik de kinderen niet meer hoef te vermaken in het zwembad', zei Rianne met een tevreden glimlach. Ze nam een slokje van haar wijn en sloot haar ogen. Genietend slaakte ze een zucht en met haar ogen dicht hief ze haar plastic bekertje in de richting van Irene. 'Op een heerlijke vakantie.'

Hoofdstuk 5

Met haar beker in haar hand leunde Irene achterover op de bank. Het was kwart over acht, vroeg voor vakantiebegrippen. In de tent hoorde ze het gerommel van Jacco die zijn portemonnee zocht en Stef die een slipper kwijt was. Ze haalde diep adem en sloot zich af voor de geluiden. Haar blik liet ze over het veldje gaan. Ook de andere tenten begonnen te ontwaken, alleen de ouders van een baby in de tent recht tegenover die van hen zagen eruit alsof ze al uren op waren, wat waarschijnlijk ook het geval was. Ze wist niet meer hoe vroeg het was geweest toen ze in haar slaap de baby al had horen huilen. Irene keek opzij. Bij de tent naast hen was het kennelijk laat geworden, op de tafel onder de veranda stonden lege glazen. Toen zij gisteravond ging slapen, hadden de buren nog gezellig buiten gezeten. Dat was zo leuk aan deze camping: er waren veel plekken, maar 's avonds ging het er gemoedelijk aan toe. Geen luide muziek of brallende dronkenlappen, zoals soms op andere campings wel het geval was. Zelf had ze als een blok geslapen, beter dan in tijden het geval was geweest. De vakantie deed haar kennelijk toch goed.

'Goedemorgen.' Riannes stem klonk schor toen ze haar hoofd naar buiten stak.

'Morgen.' Irene grinnikte. Rianne was nooit een ochtendmens geweest. Ook nu zag ze eruit alsof ze was gedwongen midden in de nacht op te staan na slechts een uur slaap. 'Koffie?'

'Lekker.'

Irene stond op en liep naar binnen. In het kleine keukentje stopte ze een cupje in het Nespresso-apparaat en keek hoe de zwarte vloeistof in het kopje liep.

'Ik ben zo terug', zei Jacco, die zijn portemonnee eindelijk had gevonden. 'Hoeveel croissants wil je?'

'Twee', zei Irene en ze viste de verloren teenslipper van Stef onder de tafel vandaan. Daarna keek ze toe hoe Jacco en de kinderen de tent verlieten. Doorgaans stond er een flinke rij bij de campingbakker en ze verwachtte hen voorlopig niet terug.

Nadat ze voor zichzelf ook nog een kop koffie had gemaakt, liep ze weer naar buiten. Rianne was op de bank gaan zitten en keek om zich heen naar het tentdoek, dat de veranda overspande.

'Het lijkt niet eens echt op een tent', zei ze, met overduidelijke goedkeuring in haar stem. 'Het is meer een appartement met doek erover.'

Irene grinnikte en zette de koffie op het tafeltje. 'Anders was ik hier ook niet geweest.'

'Weet je nog, vroeger...' Rianne schudde haar hoofd. 'Hoe minder voorzieningen, hoe leuker papa en mama het vonden, leek het wel.'

'Vreselijk...' Irene glimlachte. 'Vooral die ene boerencamping, waar niet eens een douche was. Ik krijg het nog koud als ik denk aan die tuinslang die als zodanig moest functioneren.'

'O ja, dat weet ik nog!' Rianne klapte in haar handen. 'Overal liepen dieren vrij rond. Ik schrok me kapot toen er ineens een koe voor de opening van onze tent stond. Dat beest stak zo haar kop naar binnen. Daar heb ik nog heel lang naar van gedroomd. En ik hou nog steeds niet van koeien.'

Irene grijnsde. 'Ik denk dat papa en mama ons graag hun liefde voor kamperen wilden overbrengen, maar ik geloof dat het tegenovergestelde is gebeurd.'

'Nou ja.' Rianne keek om zich heen op de grote veranda. 'Het is wel een fijne plek, hier voor de tent. En de camping is prachtig.'

Irene knikte langzaam. 'Voor de kinderen is het echt de beste plek om vakantie te vieren.'

Het was waar. De camping was een walhalla voor Nikki en Stef. Irene wist zeker dat ze hier zonder kinderen nooit haar vakantie zou doorbrengen, maar dat gold waarschijnlijk voor negentig procent van de ouders op de camping. De twee jaar dat Jacco en zij aan het begin van hun relatie nog kinderloos waren geweest, hadden ze hun vakanties besteed in verre oorden. Eén keer in Afrika en één keer in Amerika, en ze hadden elkaar bezworen dat ze zouden blijven reizen als ze eenmaal kinderen hadden. Maar na de geboorte van Nikki hadden ze er geen van beiden behoefte aan gehad met hun baby de wereld over te trekken. En toen Nikki groter werd en Stef erbij kwam, was Irene soms al blij als ze er tijdens twee weken vakantie aan toekwam om één boek te lezen. Of een keer rustig haar teennagels te lakken. Met twee kleintjes rondreizen door Azië of met de camper door Nieuw-Zeeland – twee wensen die ze eerder nog had gehad – leek haar een uitputtingsslag.

De eerste jaren met de kinderen hadden ze vaak buiten het hoogseizoen een mooi vakantiehuis, vaak met eigen zwembad, gehuurd. Nu deden ze dat niet meer. Niet alleen omdat ze gebonden waren aan de schoolvakanties, wanneer de prijzen de lucht in schoten, maar vooral omdat Nikki en Stef zich in zo'n huis verveelden. Ze speelden heus wel graag met elkaar, maar twee of drie weken was te lang. Een paar jaar geleden hadden Irene en Jacco daarom besloten een stacaravan te huren op een camping in Frankrijk. Zo konden ze uitproberen of een camping iets voor hen was, maar hadden ze wel de nodige luxe. Nikki en Stef – toen zes en vier – hadden het vanaf de eerste minuut geweldig gevonden. Binnen een mum van tijd hadden ze vriendjes gemaakt, waar ze op hun fietsjes zelf naartoe konden rijden. Elke middag wilden ze meedoen aan wat het animatieteam nu weer bedacht, elke avond om acht uur waren ze present voor de minidisco. Die vakantie had Irene in drie weken tijd tot haar verbazing vijf boeken gelezen.

'Vanaf nu elk jaar een camping', had Jacco toen grijnzend gezegd en Irene had geknikt. Jacco had na die vakantie avondenlang op internet zitten zoeken naar een tweedehands caravan of zelfs vouwwagen, maar na een heleboel keer nee zeggen had Irene hem uiteindelijk duidelijk gemaakt dat ze best naar een camping wilde, maar niet in een tent of caravan.

Op aanraden van vrienden waren ze terechtgekomen op de grote Spaanse camping waar ze nu ook waren. Vooral Jacco had wel even moeten slikken toen ze voor het eerst de website hadden bezocht. 'Net een Nederlandse enclave', had hij gemompeld. 'Zelfs de site is in het Nederlands. Het zou mij niet verbazen als ze er kroketten verkopen.'

'Lekker toch', had Irene plagend geantwoord. 'Je bent dol op kroketten.'

Ze deelde zijn sentiment wel. De camping was niet bepaald authentiek of kleinschalig te noemen, maar de vooropgezette tenten met een keuken, badkamer en slaapkamers – glamping heette dat, had ze inmiddels geleerd – waren heel mooi en lagen bij elkaar op een rustig deel van de camping, net een parkje. Overal was gras, er stonden veel bomen en er waren zoveel zwembadjes dat het in één bad nooit echt druk werd. De zee was dichtbij en 's avonds klonk er zachte muziek en brandden overal kaarsjes of gekleurde lampjes. Vorig jaar hadden ze bijna elke avond een wandelingetje gemaakt, gewoon omdat het zo gemoedelijk was op de camping. Een paar keer waren ze zelfs spontaan uitgenodigd bij andere gasten – ouders van vriendjes en vriendinnetjes van de kinderen – om een drankje te komen drinken, of zelfs te komen barbecueën.

Riannes stem haalde haar uit haar gedachten. 'Op deze manier wil iedereen wel kamperen, denk ik.' Ze grijnsde. 'Behalve papa dan. Als hij nog had geleefd, had hij hiervan gegruweld.'

Irene glimlachte. 'Het eerste jaar dat we hier kwamen hebben we mama nog uitgenodigd. Ik vond het sneu dat ze toen helemaal niet op vakantie ging. Maar ze wilde niet.'

Rianne knikte nadenkend. 'Met die vakanties is het inmiddels wel goed gekomen.'

Irene humde instemmend. Nadat ze zichzelf over een flinke drempel heen had gezet, ging hun moeder nu voor de vierde keer in twee jaar mee met een reis voor alleenstaande ouderen. 'Ik ga toch niet op een reisje over de Rijn', had ze vol afschuw gezegd, toen Irene en Rianne het hadden voorgesteld. Maar toen ze de website van de organisatie had bekeken, was ze er al snel anders over gaan denken. Er stonden drieweekse trips naar Afrika bij, en een week naar Fins Lapland. 'Dit wil ik wel', had hun moeder gezegd, toen ze een aanbieding voor tien dagen Israël had bekeken. Twintig minuten later was het geboekt, en hun moeder had een prachtige vakantie gehad. Wekenlang was ze vol geweest van alle opgravingen die ze had gezien en het prachtige landschap waar ze doorheen was gereden. Irene bewonderde haar moeder om de manier waarop ze haar leven had opgepakt na de dood van haar man. Ondanks het grote verdriet had ze zichzelf bij elkaar geraapt en trad ze de wereld opgewekt tegemoet. Irene durfde te wedden dat haar moeder de reizen die ze nu maakte, niet had gemaakt als haar vader was blijven leven.

'Ik neem er nog eentje, hoor', haalde Riannes stem haar uit haar gedachten. Zonder iets te vragen pakte haar zusje ook Irenes beker en liep naar binnen. Even later kwam ze met twee dampende koppen de tent weer uit.

'Wel lief dat Jacco croissants gaat halen', zei ze, toen ze weer ging zitten.

Irene knikte. 'Ik ben blij dat hij het doet, er staat altijd een enorme rij.'

'Hij doet wel zijn best', zei Rianne nadenkend.

Irene keek naar haar zusje en knikte. 'Hij doet veel met de kinderen', zei ze als vaag antwoord.

Haar zusje keek haar onderzoekend aan, maar stelde geen vragen. In plaats daarvan leunde ze naar voren en legde haar hand op Irenes knie. 'Wat zou je ervan zeggen als ik vanavond op de kinderen pas? Dan kunnen Jacco en jij lekker in een stadje wat gaan eten met z'n tweeën. En ongestoord praten.'

Irene knikte en liet haar blik over het veldje dwalen zonder iets te zien. 'Ja', zei ze toen. 'Dat is heel lief van je. Maar ik wil niet dat je je verplicht voelt om op te passen. Jij bent hier ook op vakantie.'

'Ik vind het niet erg. Als het jou niet uitmaakt dat ik ze meeneem om patat te gaan eten in het campingrestaurant, tenminste.' Rianne grijnsde. 'Ik moet natuurlijk wel mijn positie van lievelingstante waarmaken.'

Irene grinnikte. 'Dat vinden ze vast geweldig.'

'Mooi, dat is dan afgesproken.' Ze keek op toen ze de kinderen aan hoorde komen. 'Wie wil er vanavond met mij patat eten?' riep ze meteen maar.

Het antwoord was niet moeilijk te raden. Irene liep achter Jacco aan de tent in. 'We gaan vanavond uit eten', zei ze, terwijl ze voor hem ook een cupje in de Nespresso stopte.

Jacco keek verrast. 'Maar ik heb nog een stuk vlees...'

Irene schudde haar hoofd en onderbrak hem. 'Jij en ik, met z'n tweeën. Rianne past op de kinderen.'

Nu fronste Jacco, alsof het idee hem verwonderde. 'O. Wat

leuk.' Hij glimlachte even naar Irene. 'Misschien kunnen we in Palamós gaan eten, daar zitten een paar lekkere restaurants, heb ik gehoord.'

'Ja.' Irene knikte. 'Goed idee.'

Jacco pakte zijn kopje onder het apparaat vandaan en keek naar Irene. Hij legde zijn vrije hand even op haar schouder. 'Ik denk dat het ons goed zal doen', zei hij, waarna hij de tent uit liep. Irene bleef hem nakijken toen de flap alweer dicht was gevallen.

Tijdens het ontbijt voerden de kinderen het hoogste woord en toen alle croissants op waren, kwam Irene overeind. 'Wie heeft er zin om mee te gaan naar het strand?'

Stef en Nikki begonnen meteen te joelen. 'Waar is mijn surfplank?' vroeg Stef, terwijl hij druk om zich heen keek. 'Mama, jij hebt mijn surfplank kwijtgemaakt.'

'Ho ho.' Dat was Jacco's kalme stem. 'Volgens mij moet je gewoon leren zoeken, jongen. Hij staat naast de tent, ga maar aan de zijkant kijken.'

Stef holde weg, terwijl Nikki het luchtbed en de krokodil klaarlegde. Haar badpak had ze bij het opstaan al aangetrokken. Irene glimlachte. Zoals elk jaar had ze ook deze keer de fout gemaakt veel te veel kleren voor de kinderen mee te nemen. Meer dan de helft zou ongedragen mee teruggaan, omdat ze de hele dag in hun zwemkleding liepen.

Tien minuten later waren ze klaar om te gaan. Het was maar een klein stukje lopen en de kinderen renden vooruit. Op het strand was het al behoorlijk druk, maar toch vonden ze een plek dicht bij de zee. Stef en Nikki renden meteen naar het water, hun luchtbed en opblaaskrokodil stevig onder hun arm geklemd. 'Ik ga wel even met ze mee', zei Jacco, en hij liep achter de kinderen aan, zijn voeten elke keer hoog optrekkend om het contact met het hete zand te minimaliseren.

Irene klapte drie stoeltjes uit en ging zitten. Er stond een lekker briesje, dat de warmte wat verdreef. Ze opende haar tas en haalde er haar boek uit, maar liet het dichtgeslagen op haar schoot liggen. Vanachter haar zonnebril keek ze om zich heen, het strand observerend. Het was er druk, overal hoorde ze het geluid van kinderstemmen.

'Ik ga ook zwemmen', zei Rianne, rusteloos als altijd. Ze stond op en trok haar dunne zomerjurk uit over haar hoofd. Daarna klemde ze Stefs bodyboard onder haar arm. 'Eens kijken of de golven hier geschikt voor zijn.'

Irene keek naar de kleine golfjes, die kabbelend het strand bereikten. Even bleef ze stilzitten, starend naar de kinderen die lol maakten in het water. Jacco dook onder water en kwam met veel geproest boven alsof hij een walvis was. Daarbij duwde hij Stef en Nikki beurtelings van hun luchtbedden, tot hilariteit van het tweetal.

Irene sloeg haar boek open. Het kostte wat moeite om zich te concentreren, maar na een paar minuten was ze verdiept in de thriller waar ze zich op had verheugd.

Tot een vreemd gevoel haar afleidde.

Ze wist niet waarom hij haar opviel. Er liepen zoveel mensen voorbij, een enkeling bleef toevallig voor haar staan. De gang van zaken op een druk strand. Toch merkte ze hem meteen op. Ze maakte haar ogen los van het boek en zag twee voeten in het zand, in zijn hand bungelden nonchalant zijn slippers.

Irene keek omhoog. Een gevoel van herkenning overviel haar. De man had zijn blik op de zee gericht en zwaaide naar iemand die ze niet kon zien. Vluchtig keek hij achterom voor hij zich weer in beweging zette. Maar kennelijk was de herkenning wederzijds, want een meter verderop bleef hij staan, keek weer om en fronste. 'Hé, hallo', zei hij toen, en daarna, met een verontschuldigend glimlachje: 'Ik beloof je dat ik vandaag niet ga voetballen. Hoe is het met je neus?'

Onbewust voelde Irene aan haar gezicht, een gebaar dat ze het volgende moment zelf stom vond. Alsof ze moest controleren of het bewuste lichaamsdeel niet plotseling was verdwenen. 'Ik kan wel tegen een stootje.'

Hij kneep even zijn ogen samen. 'Zeker', zei hij toen.

Irene sloeg haar blik neer. Ze begreep niet helemaal wat hij met zijn antwoord bedoelde, maar glimlachte. 'Nog bedankt voor het vermaken van mijn kinderen.'

Nadat Nikki en Stef zich bij het voetballen hadden aangesloten, had Irene ze bijna een uur lang niet gehoord. Achteraf waren ze helemaal vol van de leuke middag die ze hadden gehad. Nikki had die avond wel tien keer gevraagd of ze de volgende dag weer met Isa mocht spelen, een van de meisjes die ze in het zwembad had ontmoet.

'Die meiden vermaken elkaar', zei de man, terwijl hij zijn blik richtte op Nikki die inmiddels in zee met haar nieuwe vriendinnetje speelde.

'Is dat je dochter?'

'Mijn nichtje.' De man leunde naar haar toe en stak zijn hand uit. 'Ik ben Bob.'

'Irene.' Zijn hand voelde stevig en ondanks de warmte opvallend koel. Hij hield de hare iets langer vast dan ze had verwacht, waardoor ze zich even ongemakkelijk voelde. Bob niet, hij keek haar recht aan. Weer lag dat geamuseerde in zijn blik. Gisteren had ze gedacht dat het te maken had met de situatie, maar het leek gewoon zijn vaste uitdrukking te zijn.

'Ik laat je met rust', zei Bob, zonder aanstalten te maken verder te lopen.

Irene knikte, glimlachte en knikte toen nog een keer. Vanuit het water riep Stef haar, zwaaiend naast Jacco. Bob volgde haar blik. 'Je man?'

Irene stond op uit haar stoel en knikte. Ze bleef even staan, nu pas merkte ze hoe groot Bob was. Met haar zonnebril op haar neus keek ze naar hem op. Ze deed haar mond open om iets te zeggen, sloot hem toen en zei uiteindelijk alleen gedag. Toen ze naar het water liep, voelde ze de blik van Bob in haar rug branden.

'Wie is dat?' vroeg Jacco, toen Irene hem en de kinderen had bereikt.

Irene keek vluchtig om. Bob was verdwenen. Met droge mond slikte ze en zei: 'Niemand.'

Hoofdstuk 6

'ZULLEN WE HIER ETEN?' JACCO WAS STIL BLIJVEN STAAN bij een klein restaurantje met een krijtbord waarop het menu alleen in het Spaans te lezen stond. Irene keek om zich heen. Het terras zat helemaal vol en er stond een rij. Keurend liet ze haar blik over de borden van de gasten gaan, daarna knikte ze. 'Goed idee.'

Jacco schoot een ober aan, die gebaarde dat ze aan de bar een nummer konden halen en een drankje konden drinken. Irene vroeg nog wat de wachttijd was, maar de ober was al met grote vaart verder gelopen.

'Maakt ook niet uit', zei ze toen. 'We hebben alle tijd.'

Het was fijn om er even uit te zijn, zonder de kinderen. Rianne had wel gelijk: met Nikki en Stef om hen heen beperkten de gesprekken zich overdag doorgaans tot praktische zaken of de invulling van de dag. En eigenlijk

’s avonds ook, want de kinderen gingen op vakantie niet bepaald vroeg naar bed.

Jacco bestelde twee glazen cava en ze namen plaats aan de bar. Omdat de deuren van het restaurant wijd openstonden was het net alsof ze al een beetje buiten zaten. Het drukke gerebbel van een groepje Spanjaarden dreef naar binnen, net als het geroezemoes van het terras, vermengd met het geluid van bestek. De zon was aan het zakken en hulde het drukke terras in een prachtige gouden gloed. Golden hour, had Irene eens gelezen, was het uur voordat de zon onderging en het licht op z’n allermooist was.

Irenes blik viel op de klok achter de bar. Tien voor negen, en ze had nog niet eens echt trek. Wonderlijk hoe snel je in het buitenland altijd aan een ander ritme wende.

‘Proost’, zei Jacco, toen de drankjes waren gebracht en hij zijn glas hief.

Irene volgde zijn voorbeeld en tikte met haar glas tegen dat van hem. Ze deed haar mond open om iets te zeggen, maar sloot hem toen weer. Ze wilde wel ergens op proosten, maar alles klonk zo afgezaagd.

‘Ik vind het fijn om even met z’n tweeën op pad te zijn’, verbrak Jacco uiteindelijk de stilte.

Irene knikte. Hij had gelijk, het was prettig om eruit te zijn, te kunnen praten, zonder dat de kinderen er elke vijf seconden doorheen kwamen. Niet dat ze tot nu toe veel met die mogelijkheid hadden gedaan, ze hadden het voornamelijk gehad over Palamós, de stad waar ze doorheen liepen, en de keuze van het restaurant. Toen ze zojuist richting het restaurantgebied waren geslenterd, had Jacco haar wel tien keer gewezen op een mooi gebouw of een opvallende decoratie aan een gevel. Daarvan had Irene altijd kunnen genieten. Door zijn oog voor detail liet hij haar dingen zien die haar normaal niet zouden opvallen, en zijn liefde voor architectuur maakte dat hij van alles wist over bouwstijlen.

Jacco nam nog een slok en keek Irene aan over de rand van zijn glas. Hij was bruin geworden, viel haar op. Rond zijn ogen tekenden zich precies de contouren van zijn zonnebril af. Hij glimlachte naar haar, waarbij rimpeltjes rond zijn ogen ontstonden. Volgend jaar werd hij veertig. Nog lang niet oud, al kleurde zijn zwarte haar bij de slapen nu een beetje grijs. Dat hij vijf jaar ouder was dan zij, had ze altijd fijn gevonden. Vijf jaar wijzer, grapte hij in het begin weleens. 'Maak daar maar vijftien jaar van', had Irene dan vaak gezegd. Lollig bedoeld, maar eigenlijk geen grapje. Waar ze allebei uit een stabiel nest kwamen, was Jacco met zijn vwo-diploma op zak braaf doorgestroomd naar de universiteit om geneeskunde te gaan studeren. Hij had het niet cadeau gekregen. Anders dan veel van zijn studiegenoten kon hij niet bogen op vermogende ouders die hem een financieel zorgeloze studententijd bezorgden. Hij had altijd gewerkt naast zijn studie en nu hij als specialist veel verdiende, wilde hij zo snel mogelijk zijn studieschuld afbetalen. Dat zelfstandige, dat bewonderde Irene aan hem. Net als zijn doelgerichtheid. Kinderarts worden was altijd zijn droom geweest en het was mooi om te zien hoe hij die met keihard werken had waargemaakt.

Jacco was stabiel, gefocust, rustig. Altijd. Op het punt in haar leven dat Irene hem had ontmoet, was hij mede daardoor precies wat ze nodig had gehad. Net na Barry had haar leven gevoeld als een chaos en hoewel ze blij was dat ze die eerste tijd op zichzelf teruggeworpen was geweest en er zelf in was geslaagd om de chaos gedeeltelijk te temmen, had ze zich dankzij Jacco definitief kunnen ontworstelen aan wat er was gebeurd. Het hielp om iemand aan je zijde te hebben op wie je kon bouwen. En die vertrouwen gaf.

'Saai', was Riannes ongenuanceerde oordeel geweest toen ze Jacco voor het eerst had ontmoet. Een oordeel waarop ze later was teruggekomen, en dat ze misschien vanaf het begin al niet had gemeend. Maar haar zusje verwarde saai en stabiel wel vaker met elkaar.

Ze herinnerde zich nog precies het moment dat Jacco over kinderen was begonnen, nog maar vier maanden na het begin van hun relatie. Irene had hem verbaasd aangestaard. Zij? Moeder? Ze had het gevoel dat ze amper voor zichzelf kon zorgen. Nog maar een jaar eerder had ze op een rand gestaan, waarvan ze niet wist wat er was gebeurd als ze erover was gegaan. Het had verkeerd met haar kunnen aflopen, dat wist ze heel goed. Ze had die avond kunnen sterven, als het aan Barry had gelegen was dat gebeurd. Zijn tomeloze woede had gemaakt dat hij haar was aangevlogen. De aanleiding was zo klein geweest dat ze die uitbarsting nooit had verwacht. Een verkeerde opmerking, een woord dat hem niet aanstond. Ze kon achteraf niet eens zeggen wat het nou precies was geweest.

Het toeval had op dat moment Michael naar Barry's appartement had gebracht. Michael die nog een appeltje met hem te schillen had en net die avond had uitgekozen om de schuld te vereffenen. Ze kende Michael voor die avond niet en ook achteraf had ze hem nooit meer gezien. Het enige wat ze zich herinnerde waren het pistoolschot, twee zwarte, leren schoenen naast haar hoofd en een vlaag van een gezicht, dat ze had onthouden omdat er onder het rechteroog een tatoeage van een traan met daarin een doodskop zichtbaar was geweest. Ook al was deze Michael iemand die misschien wel haar leven had gered, ze had nooit de behoefte gevoeld om hem te ontmoeten. Dat kon ook niet, hij was dezelfde avond nog gearresteerd. Wat dat betreft was het goed dat zij die tatoeage had gezien. Het had de politie weinig moeite gekost om te achterhalen wie de moordenaar moest zijn. Michael was toch al een bekende van ze. Expres had ze zijn zaak daarna niet gevolgd, ze wilde er niets meer mee te maken hebben. Het enige wat ze wist, was dat hij voor jaren de cel in was gedraaid en niet alleen vanwege de moord op Barry.

Barry had een schuld bij Michael, die die avond vereffend moest worden, had ze achteraf begrepen. Of dat de enige reden was en of het überhaupt de opzet was geweest om Barry te vermoorden, dat wist ze niet. Dat Michael gewapend was, had Irene niet eens verbaasd. Het grootste deel van de mensen met wie Barry omging, had een pistool op zak. Met Barry's handen om haar keel en zijn woedende gelaat boven haar gezicht was een van haar laatste gedachten geweest dat ze zelf tijden geleden al een wapen had moeten aanschaffen.

Irene sloot haar ogen en schudde kort haar hoofd. Ze wilde hier nu helemaal niet aan denken. Ze nam een slok en voelde de vloeistof bubbelen in haar mond. Daarna keek ze naar Jacco. Toen hij haar blik op zich gericht voelde, draaide hij zijn hoofd naar haar toe. Hij glimlachte kort en kneep toen even zijn ogen samen.

'Bevalt de vakantie je tot nu toe?'

Irene knikte. 'Het is heerlijk', zei ze, maar terwijl ze het uitsprak, voelde het alsof er een laag onder zat die ze zorgvuldig vermeed. Maar eigenlijk voelde alles de hele tijd zo.

Jacco draaide zich naar haar toe op zijn barkruk. 'Ik vind het ook heerlijk. Misschien raar om te zeggen, maar het voelt alsof we echt dichter tot elkaar komen. Alsof we die nare tijd nu kunnen vergeten.'

Irene wist niet goed wat ze moest antwoorden. Ergens in haar voelde ze iets opvlammen, losgemaakt door dat ene woord. Vergeten. Ze wilde dat het zo makkelijk was. Met haar voortanden beet ze op haar onderlip. Daarna sloot ze even haar ogen en schudde haar hoofd haast onmerkbaar. Ze wilde er niets over zeggen. Het was onhandig uitgedrukt, maar ze hield het gesprek liever positief. De weinige tijd die ze echt met z'n tweeën hadden, wilde ze niet verpesten met een discussie.

'Ja', zei ze daarom, al klonk haar stem nog wat stijf. Ze nam een slok cava. Op dat moment kwam de ober om te vertellen dat er een tafeltje voor hen was. Irene pakte haar tas en liep achter hem aan door de krappe ruimtes tussen de tafeltjes. Hij nam hen mee naar de rand van het terras, waar ze een tafeltje kregen dat tegen een stenen hek was geschoven. Van daaruit hadden ze een prachtig uitzicht over de haven, die door de laagstaande zon helemaal in het goud was gehuld.

'Wat mooi', zei Jacco en hij bleef naast haar staan om ervan te genieten. Daarna legde hij even zijn hand op haar schouder, die bloot was doordat ze een halterjurkje droeg, en kuste haar wang.

De ober had twee menukaarten achtergelaten en Irene bestudeerde verlekkerd de gerechten. 'Ik kan niet kiezen', zei ze, toen ze de heerlijkste visgerechten zag staan. 'En de salades zien er ook al zo verrukkelijk uit.'

'We kunnen het viergangendiner nemen', stelde Jacco voor. 'Dan hoef je niet te kiezen, maar doet de kok dat voor je.'

'Goed idee', lachte Irene en ze sloeg de kaart dicht. Alsof hij achter haar had staan wachten verscheen de ober meteen weer aan hun tafel. Jacco plaatste hun bestelling en vroeg om een fles rode wijn en nog twee glazen cava. Irene voelde hoe de alcohol zijn werk begon te doen en ze was blij dat ze een taxi terug zouden nemen. Rianne had hen gebracht, wat natuurlijk luxe was.

Ontspannen leunde ze achterover. Dat ze zich niet kon heugen wanneer ze voor het laatst alleen met Jacco uit eten was geweest, zei natuurlijk wel iets. Een paar keer in de afgelopen maanden hadden ze oppas geregeld en een reservering in een goed restaurant gemaakt, maar elke keer was er iets tussen gekomen. Eén keer was Irene ziek geweest, de andere vier keer had Jacco niet weg gekund uit het ziekenhuis. Dat was nu eenmaal part of the job, dat wist Irene wel, en ze was het type niet om daar moeilijk over te doen, maar ze had het wel jammer gevonden. Misschien stak het daarom des te meer dat Jacco wel tijd had kunnen vinden om...

Nee. Ze schudde haar hoofd. Nu niet zo gaan denken, dan zou de avond bij voorbaat verpest zijn. Het inmiddels vertrouwde rafeltje in haar gevoel, dat was er altijd. Het was nu wel leuk, maar... Altijd die maar. Daar was ze nu wel zo'n beetje aan gewend. Ze zou zichzelf een fijne avond ontnemen als ze juist nu alleen maar aan Jacco's ontrouw zou denken.

Raar eigenlijk, hoe snel je gevoelens kon rationaliseren. Erover kon beschikken of ervoor kon kiezen om ze aan de kant te schuiven. Natuurlijk was dat in het begin niet gelukt, maar met het verstrijken van de dagen – weken, inmiddels – was ze er beter in geworden. Gevoelens waren vermoeiend als je er de hele tijd iets mee moest. Je kon onmogelijk non-stop boos zijn, of verdrietig. Dan was je snel uitgeput. Om te kunnen blijven functioneren, had ze haar gevoelens de laatste weken regelmatig opzijgezet. Vanavond lag dat misschien anders, juist omdat ze alleen met Jacco uit eten was. Maar bij het idee dat het vreemdgaan vanavond de boventoon zou voeren, voelde ze bij voorbaat vermoeidheid. En afkeer. Het zou bovendien niets veranderen.

'Wat een prachtige zonsondergang', zei Jacco, die genietend naar de horizon staarde. 'Als je het mij vraagt, is de zonsondergang in het buitenland altijd mooier.'

'Omdat je op vakantie de tijd hebt er eens naar te kijken', zei Irene. 'Ik kan me niet herinneren wanneer ik voor het laatst in Nederland de zon in de zee heb zien zakken.'

'Dat zal het zijn.' Jacco glimlachte. 'We zouden in Nederland vaker naar het strand moeten gaan. De kust is prachtig.'

Irene knikte instemmend. Ze ging vroeger vaak logeren bij haar opa en oma in Zeeland en ze had het altijd heerlijk gevonden aan zee, ongeacht het seizoen. Een uurtje uitwaaien, daar kon je zo van opknappen. Haar droom was om later, als ze met pensioen waren, een zomerhuisje te kopen. Gewoon in Nederland, en dan konden ze daarnaartoe gaan als er een paar mooie dagen in het verschiet lagen.

'Dat wil ik ook nog steeds', zei Jacco, toen Irene hardop uitsprak waaraan ze dacht. Het strandhuisje was al heel lang een gezamenlijke droom. 'En dan kopen we ook een grote windhond die over het strand kan rennen.'

Irene trok een gezicht. 'Jij altijd met je windhond.'

'Wat?' Jacco keek quasi-onschuldig. 'Heb je er weleens eentje zien rennen? Je weet niet wat je ziet, zo mooi.'

'Als we een hond nemen, dan zo'n gezellig model. Een labradoodle of zoiets.'

'Ook goed', zei Jacco en Irene wist dat hij allang tevreden was dat ze de mogelijkheid van een hond wilde overwegen. Eigenlijk hield ze meer van katten.

'Nikki zou het in elk geval geweldig vinden', zei Irene en even lachten ze allebei en dachten aan hun dochter, die zo dol was op dieren.

'Die stelt waarschijnlijk voor om meteen ook maar zes paarden aan te schaffen.'

Irene grinnikte. 'Doodeng. Ik durf al bijna niet te kijken als ze paardrijles heeft.'

Jacco lachte, maar werd meteen weer serieus. 'Volgens mij doet de vakantie de kinderen ook goed. Zij waren ook moe van de laatste weken school en al het geren.'

Irene knikte en wachtte tot de ober hun nieuwe cava en een schaaltje met wat olijven had neergezet. Met een glimlachje bedankte ze hem en daarna pakte ze haar glas en nam een slok. De drank ging bubbelend door haar mond en smaakte heerlijk fris. Een oudere man die de hele tijd aan de rand van het terras op zijn gitaar flamencomuziek had gespeeld, kwam met een leeg blikje langs de tafels. Jacco tastte in zijn zak en gooide er wat kleingeld in.

'Als we later toch een zomerhuisje kopen, waarom dan

niet meteen hier?' vroeg hij, met zijn blik gericht op de zon die nu bijna verdwenen was. Zoals vaker in zuidelijke landen was met het zakken van de zon de temperatuur niet afgenomen. Irene had een vestje meegenomen dat ze vast niet nodig zou hebben, hoelang ze hier vanavond ook op het terras zouden blijven zitten.

'Ja, waarom niet', zei Irene en ze glimlachte. Het was fijn om samen te kunnen dromen en ze wilde dat ze dat kon zonder dat ene steekje, dat ene stemmetje. Een stemmetje waar Jacco geen last van leek te hebben, dat viel haar ook op. Ze haalde diep adem. Dat was nou precies waaraan ze vanavond niet wilde denken. 'Dat zou heerlijk zijn', zei ze uiteindelijk.

Jacco leunde naar voren en raakte vluchtig haar hand aan. Hij keek haar aan en leek iets te willen zeggen, maar deed het niet. In plaats daarvan hief hij zijn glas, hoewel ze al een toost hadden uitgebracht. Hij bleef haar aankijken terwijl hij een slok nam. Irene glimlachte en wendde haar blik af en uiteindelijk keken ze samen toe hoe het laatste restje zon achter de horizon verdween.

Hoofdstuk 7

'MAM, MAG ISA BIJ ME SPELEN?' MET EEN NOODGANG kwam Nikki aangesjeesd op haar fiets, remde voor de tent en stond met één sprong op de veranda. 'Mag het?' vroeg ze opnieuw, drie seconden na haar vorige vraag.

Irene keek op van haar boek. 'Natuurlijk, schat. Hoi, Isa.'

'Hallo mevrouw.' Het blonde meisje aarzelde even, maar legde toen haar eigen fiets in het gras en ging achter Nikki staan.

'Kom, dan pakken we m'n barbies.' Nikki liep naar binnen, op de voet gevolgd door haar nieuwe vriendinnetje. Even later sleepte ze haar tas met barbies en een speelkleed naar buiten en spreidde alles uit op het gras. 'O wacht, de camper.'

Ze holde weer naar binnen, terwijl Isa op het kleed ging zitten en de poppen een voor een oppakte. Voorzichtig legde ze ze weer neer. Een barbie met lang, rood haar hield ze wat langer in haar hand, met haar vinger streek ze over de vlammende haren. 'Heb je ook veel barbies?' vroeg Irene.

Isa keek op en knikte. 'Ja, mevrouw', zei ze zacht. Irene glimlachte om haar beleefdheid. 'Je mag wel Irene zeggen.'

Isa lachte verlegen. Op dat moment kwam Nikki naar buiten met de camper voor barbies in haar handen. Soms vroeg Irene zich af hoelang haar dochter nog met de poppen zou spelen. Irene vond het soms ongelooflijk als ze van andere moeders hoorde dat hun dochters nog voor hun tiende verjaardag al make-up droegen en vroegen om een Instagram-account. Daar had Nikki gelukkig nog geen interesse in. 'Kijk mam', had haar buurmeisje van net tien jaar laatst tegen haar moeder gezegd, waarna ze haar foto van zichzelf in een panterbroek en een heel kort bovenstukje had getoond. 'Kan deze voor insta of zie je dat mijn buik dik is?' Irene hoopte dat ze dat soort vragen, en social media in het algemeen, voorlopig buiten de deur zou kunnen houden. Ze keek naar Nikki en haar vriendinnetje, die nu helemaal opgingen in hun fantasiespel.

'Mam!' Dat was Stef, die kwam aangerend, zijn bodyboard onder zijn arm. 'Er waren golven en ik heb gesurft! En zo hoog!' Met zijn arm helemaal uitgestrekt probeerde hij de omvang van zijn prestatie aan te geven. 'Het was echt gaaf. Niet normaal, hè pap?'

'Niet normaal, jongen.' Dat was Jacco, die hem op een afstandje was gevolgd. Zijn zwembroek was nat en hij had een badhanddoek om zijn schouders geslagen.

'Waar is Rianne?' vroeg Irene.

'Die ligt te zonnen op het strand. Ze komt straks, zei ze.'

Jacco keek op zijn horloge. 'Ik moet echt even mijn mailbox gaan legen. In het restaurant is de wifi goed.' Zonder op een reactie te wachten liep hij door naar binnen. Irene staarde voor zich uit. Haar gedachten gleden terug naar gisteravond. Ze hadden uiteindelijk tot na twaalven op het terras gezeten, etend, drinkend, lachend. Toen ze daarna door het, ondanks het tijdstip bedrijvige, stadje waren geslenterd had hij haar hand gepakt en gezegd dat hij van haar hield. Natuurlijk vond ze dat fijn om te horen en ze had gewild dat er geen steekje in haar buik bij was komen kijken, maar dat steekje leek onvermijdelijk te zijn. Toch had ze zich eroverheen gezet, gezegd dat ze ook van hem hield en toen hadden ze nog een afzakkertje genomen bij een barretje waar iedereen zo rap Spaans praatte, dat Irenes oren ervan gingen fluiten.

Pas rond twee uur had de taxi hen afgezet bij de poort van de camping en ondanks de drank en het late tijdstip voelde Irene zich vandaag prima. De energie die ze van gisteravond had gekregen, compenseerde het gebrek aan slaap kennelijk.

'Je ziet er goed uit', had Rianne vanochtend bij het ontbijt gezegd.

Jacco kwam weer naar buiten. Hij had zijn zwembroek verruild voor een kakikleurige korte broek en een donker T-shirt. In zijn hand had hij zijn zwarte laptoptas, die detoneerde met zijn zomerse outfit en zijn slippers. 'Ik ben wel een tijdje bezig, denk ik.'

'Ik red me wel', zei Irene en ze hield haar boek even omhoog. 'Dit is echt heel spannend.'

'Mama!' riep Isa op dat moment. 'Kijk wat een gave barbies.'

Irene keek opzij en zag een vrouw van haar eigen leeftijd naderen. Ze was blond en lang en had iets sierlijks, alsof ze op hakken liep terwijl ze gewoon teenslippers droeg. Het was niet moeilijk te zien wie ze was, zo duidelijk was de gelijkenis met Isa.

'Hé liefje', zei ze, en ze bleek een diepe stem te hebben die Irene op een of andere manier niet helemaal bij haar verschijning vond passen. 'Gaat het allemaal goed hier?'

'Zeker', antwoordde Irene en ze stond op. 'Jij moet Isa's moeder zijn. Ik ben Irene.' Ze schudden handen en daarna keek Irene om, maar Jacco was verdwenen. 'O, mijn man is net weggelopen, zie ik.'

'Nee hoor, ik ben hier.' De tentflap ging open en Jacco kwam naar buiten. 'Ik was de oplader vergeten en...' Hij hield zijn pas in en keek hun onverwachte bezoeker aan. Irene meende verwondering op zijn gezicht te zien die snel plaatsmaakte voor iets anders, maar tegen die tijd werd haar aandacht afgeleid doordat Isa en Nikki werden geplaagd door een wesp.

'Haal hem weg!' riep haar dochter, die dol op dieren was maar hysterisch bang voor wespen.

Irene redde de meisjes door het betreffende beest te verjagen met een handdoek en richtte haar aandacht daarna weer op Lilian, zoals Isa's moeder bleek te heten. Jacco stond nog steeds tegenover haar, maar maakte aanstalten te vertrekken.

'Oké. Ik eh... ik zie je nog wel.' Hij lachte wat en gebaarde naar de meisjes. 'Zo te zien hebben deze twee elkaar helemaal gevonden.'

Hij stak zijn hand op bij wijze van groet en liep daarna weg. Lilian liet haar nummer achter voor als er iets was of wanneer ze Isa moest komen halen en daarna verdween zij ook weer.

'Waar is papa?' vroeg Stef, die net op dat moment de tent uit kwam.

'Werken', antwoordde Irene, terwijl ze haar slippers uitschopte en haar voeten onder zich op de bank trok. 'Waar heb jij zin in?'

'Zwemmen. Mag ik naar het grote bad?'

Irene wierp een blik op de spelende meisjes en schudde haar hoofd. 'Niet in je eentje en ik wil even hier blijven. Waarom ga je niet naar het kleine zwembad?'

Een moment lang keek Stef teleurgesteld, maar toen haalde hij zijn schouders op en knikte. 'Oké.' Hij verdween in de tent om een paar minuten later weer naar buiten te komen met een tas vol spullen. Irene kon niet zien wat erin zat, maar grinnikte. Stef deed niet aan weinig bagage, wat dat betreft leek hij op haar. 'Tot straks!' riep hij, waarna hij wegliep in de richting van het zwembad.

Ze keek hem na. Zijn smalle lichaam, de zon die op zijn blonde haar viel. Hij liet het groeien, had hij aangekondigd. Geïnspireerd door een groepje skaters die vaak op een pleintje in de buurt hun kunsten vertoonden, vermoedde Irene. Ze vond het best, al had ze er soms ook moeite mee om te merken dat haar kinderen nu echt groot werden. Met zijn zeven jaar zat Stef in de tussenfase die ze eigenlijk het makkelijkst vond aan het ouderschap, maar tegelijkertijd miste ze het kleine, het zorgen. Terwijl ze dat in de tijd dat ze er middenin zat, soms ook zwaar had gevonden. Ze kon er ook van genieten dat de kinderen nu zichzelf konden vermaken, dat ze niet hoefde te helpen bij elke stap die ze zetten, dat ze veel meer dan toen haar handen vrij had. Misschien gold de melancholie waardoor ze zo nu en dan werd overvallen niet zozeer het voorbijgaan van een bepaalde fase, maar meer het idee dat haar kinderen op een dag zouden uitvliegen.

'Mam!' Nikki's vrolijke stem haalde haar terug naar de werkelijkheid. Irene knipperde een paar keer en zette haar gedachten aan de kant. 'Mogen we een ijsje?'

Irene glimlachte. Haar dochter wist heel goed dat de vriezer leeg was. 'Die zijn op.'

'We kunnen wel even nieuwe halen. Dan geef je ons geld mee en gaan we zelf naar de winkel.'

Irene grijnsde opnieuw. Over uitvliegen gesproken, bedacht ze. Op sommige momenten wilde Nikki niets liever dan zelfstandig zijn, zoals nu. 'Oké,' zei ze toegeeflijk, 'jullie mogen ijs gaan halen. Op één voorwaarde.'

'Wat dan?' vroeg Nikki met een afwachtende blik.

'Dat jullie voor mij een heel grote Magnum meenemen.'

Nikki grinnikte. 'Afgesproken, mam.'

Irene liep naar binnen om geld te pakken en keek even later toe hoe de twee meiden naast elkaar wegliepen. Voor de tent lag nog het kleed met daarop de barbies. Irene pakte haar boek weer op. Opruimen kon straks ook nog wel. Ze strekte haar benen uit en legde haar voeten op tafel, waar ze net een straaltje zon vingen. Het was vandaag weer uitzonderlijk warm.

Ze wist niet hoeveel tijd er was verstreken, toen ze het gevoel kreeg dat er iemand in de buurt was. Het boek begon net spannend te worden, maar toch keek ze op. Eerst zag ze niemand. Ze schudde haar hoofd en begon al te denken dat ze het zich had verbeeld. Het kwam vast door haar thriller. Soms ging ze zo op in het verhaal dat ze ineens allemaal dingen zag die er niet waren. Haar moeder zei vroeger al dat ze te veel fantasie had.

Ze richtte haar blik weer op haar boek, maar liet haar ogen toch nog een laatste keer over het veldje dwalen. Van de meeste tenten waren de ritsen dicht, zo midden op de dag verbleven veel mensen op het strand of bij het zwembad. Net toen ze opnieuw wilde vaststellen dat er niemand was, zag ze hem. Bob stond een beetje achteraf en keek zoekend om zich heen. Irene leunde naar voren en schoof haar zonnebril naar haar haar. Hij zag haar niet.

Zelfs van een afstandje kon ze zijn frons zien, pas in tweede instantie gevolgd door herkenning. Hij zwaaide en begon haar kant op te lopen. 'Ik dacht al dat ik het verkeerde veldje had, omdat ik die meiden nergens zag.'

Irene glimlachte. 'Ze zijn naar de supermarkt voor ijs. Ik heb ze even alleen laten gaan.' Ze keek hem aan. 'Ik hoop dat dat geen probleem is?'

'Welnee.' Hij schudde zijn hoofd. 'Daar is ze groot genoeg voor. Al denkt haar moeder daar soms anders over.' Bij die laatste woorden grijnsde hij, maar toch voelde Irene zich wat bezwaard. 'O, maar als ze het vervelend vindt...'

'Nee joh.' Opnieuw schudde Bob zijn hoofd. Hij lachte. 'Mijn zus heeft sowieso moeite met loslaten. Het liefst zou ze de hele dag achter Isa aan lopen.' Hij grinnikte nogmaals. 'En haar voeren.'

Irene moest ook lachen. 'Is het zo erg?'

'Nee.' Bob trok zijn wenkbrauwen op. 'Ik moet dat ook niet over haar zeggen, ze is een geweldige moeder. Het is niet makkelijk als je het allemaal in je eentje moet doen, ik begrijp best dat ze zo beschermend is.'

Irene wilde vragen waar Isa's vader was, maar ze hield zich in. Het waren haar zaken niet en ze wilde niet nieuwsgierig zijn. In plaats daarvan zei ze: 'Ze zullen zo wel terugkomen. Kwam je haar halen?'

'Ja, ik had ineens bedacht om naar Torroella de Montgrí te gaan. En ik wilde ook even kijken of ze jullie niet tot last is. Die meiden spelen nu zoveel samen, we willen jullie geen extra kind opdringen tijdens jullie vakantie.'

'Dat vroeg je zus net ook, maar het valt wel mee, hoor. We zijn juist blij dat Nikki een vriendinnetje heeft.' Irene gebaarde naar een van de twee gemakkelijke stoelen. 'Als je op haar wilt wachten...'

'O, maar ik wil je niet van je boek houden.' Bob schudde zijn hoofd, al was dat niet erg overtuigend.

'Ik vind het niet erg.' Irene legde haar thriller aan de kant. 'Ze zijn echt zo terug.'

Bob aarzelde nog even, maar knikte toen. 'Oké, ja, ik kan ook wel even hier wachten.' Hij ging zitten en leunde naar voren, zijn ellebogen op zijn bovenbenen. Het zag er wat geforceerd uit en kennelijk merkte hij dat ook, want vervolgens leunde hij achterover. 'Wat lees je?'

'Hm?' Irene keek hem niet-begrijpend aan. Pas in tweede instantie begreep ze dat hij het over haar boek had. 'O, een thriller.'

'Goed boek?'

'Ja, het is echt heel spannend.' Irene vertelde in het kort waar het boek over ging. 'Heerlijk als een boek je helemaal meesleept, dat heb ik niet zo vaak meer.'

'Nee? Ik vind dat er best veel goede boeken uitkomen. Zelf ben ik ook dol op thrillers.'

Irene keek verrast. Tegelijkertijd voelde ze zich een

beetje stom dat ze het vooroordeel had gehad dat Bob vast niet van lezen hield. Ze maakte zichzelf wijs dat het niet kwam door zijn brede schouders en borstkas die duidelijk onderhoud in de sportschool vergden.

'Wat?' vroeg Bob, die haar verrassing opmerkte, maar niet zo goed wist wat hij ermee moest.

'Niets.' Irene schudde haar hoofd.

'Je vindt me niet echt een belezen type.' Het klonk niet als een oordeel, meer als een vraag. Hij keek haar half grijnzend aan. Irene wendde haar blik af, beschaamd over haar eigen gedachten. Ze moest ook lachen.

'Wat ben je nu aan het lezen?' vroeg ze, om de aandacht van de ongemakkelijke situatie af te leiden.

Hij noemde de titel van een boek dat ze niet kende. 'Misschien is het meer iets voor mannen', zei Bob. 'Het gaat over een aanval op een computersysteem, waardoor alle ziekenhuizen van Amerika worden platgelegd. Uiteraard is er maar één persoon die alles kan oplossen en dat is de hoofdpersoon.'

Irene grinnikte. 'Wel fijn dat je alvast weet dat die hoofdpersoon dat gaat doen.'

Bob lachte ook. 'Daar ga ik voor het gemak maar even van uit. Maar het gaat eigenlijk niet eens echt om de plot. Het hele proces is zo goed beschreven, dat je dat alleen al wil lezen. De schrijver heeft heel veel research gedaan naar cybercriminaliteit om het allemaal zo realistisch mogelijk te laten lijken.'

Irene keek hem aan. Ze vond het leuk om te zien hoe gepassioneerd hij vertelde. 'Lees jij veel?' vroeg ze.

'O ja.' Bob knikte. 'Het liefst minstens een boek per week. Vroeger niet hoor, toen vond ik boeken maar niets.

Maar langzaamaan ben ik lezen gaan waarderen en nu kan ik niet zonder.'

'Alleen maar thrillers?'

'Nee, van alles. Romans, non-fictie, biografieën, dat vind ik ook erg interessant. Ik heb veel geleerd door levensverhalen van anderen te lezen.'

Irene wilde vragen wat hij dan had geleerd, maar ze deed het niet. Dat was een persoonlijke vraag en ze wilde Bob niet in verlegenheid brengen. In plaats daarvan keek ze kort op, maar van Isa en Nikki was nog geen spoor te bekennen. 'Ik heb je helemaal niets te drinken aangeboden', zei ze toen. 'Lekker hartelijk van me.'

Bob wuifde haar excuus weg en hield haar tegen toen ze wilde opstaan. 'Nee joh, ik kwam alleen maar even mijn nichtje ophalen. En ik hou je van je boek. In jouw geval had ik mij allang weggestuurd.'

'Welnee.' Irene grinnikte. 'Waar heb je zin in?'

Bob leek nog even te aarzelen, maar vroeg toen toch om een glas sap. In het kleine keukentje schonk Irene er twee vol en liep toen weer naar buiten.

'En jij?' vroeg Bob, toen ze was gaan zitten. 'Lees jij veel?'

'Ik wil het wel, maar het komt er de laatste tijd niet van. Ik neem me voor om elke dag te lezen, maar dan is het druk en voor je het weet, is het al elf uur 's avonds.' Toen ze zichzelf hoorde praten vond ze het stom klinken, ook al was het de waarheid.

Bob keek haar aan. Er lag nieuwsgierigheid in zijn blik, maar niet op een vervelende manier. Het was eerder interesse. 'Heb je een drukke baan?'

Irene haalde haar schouders op. 'Ik werk op een mboschool.'

'Aha.' Bob knikte en trok even met zijn mond. 'Welk vak geef je?'

'Ik ben studentenbegeleider, dus ik sta zelf niet voor de klas. Het zijn de leerlingen die vastlopen of advies nodig hebben, die bij mij komen. En hun ouders vaak ook.'

Opnieuw dat trekje van zijn mond. 'Nog pittiger.'

Irene grinnikte. 'Ach ja, ik hoef me nooit te vervelen.' Ze keek hem aan. 'En wat doe jij?'

'Ik werk in de bouw.' Hij wendde even zijn blik af. 'Ik heb van alles gedaan, maar uiteindelijk werk ik het liefst met mijn handen.'

Irene keek even naar die handen, die ontspannen op de leuningen van de stoel lagen. Ze waren stevig, robuust.

'Je zult het nu wel druk hebben. De bouw is een gekkenhuis nu het zo goed gaat, lees je overal.'

'Ja.' Bob trok zijn wenkbrauwen op alsof hij moest nadenken over haar opmerking. 'Zeker.'

Irene besloot van onderwerp te veranderen. 'Hebben jullie een fijne vakantie?'

'Ja.' Bob glimlachte even en zijn gezicht kreeg iets zachts. 'Lilian heeft het de laatste tijd niet makkelijk gehad en ik ben blij dat ze even lekker kan uitrusten hier.'

'O.' Irene keek meelevend. 'Moeilijke tijd achter de rug?'

'Haar vriend heeft haar en Isa in de steek gelaten, van de ene op de andere dag. Hij bleek al tijden een ander te hebben.' Boosheid vlamde op in Bobs ogen. 'Als Lilian me niet had tegengehouden, had ik hem iets aangedaan. Ik was ertoe in staat.'

Onbewust keek Irene naar zijn bovenarmen, goed zichtbaar doordat hij een mouwloos shirt droeg. Het werk in de bouw had hem stevige spieren opgeleverd, dat was haar al eerder opgevallen. Op zijn rechterarm was een teken getatoeëerd dat ze niet goed kon zien.

'Wat een rotstreek.'

Bob knikte en snoof nog maar eens. 'Om het zacht uit te drukken, ja.'

'Heeft Isa nog contact met hem?' vroeg Irene. Ze wist niet waarom dit haar mond uit kwam. Het waren haar zaken helemaal niet.

Bob schudde zijn hoofd en leek haar vraag niet ongepast te vinden. 'Nee, die slapjanus is gewoon met de noorderzon vertrokken. Isa heeft er veel verdriet van. Ik kan het bijna niet aanzien, zo sneu. Ik probeer haar dan maar op te vrolijken, maar ik kan haar vader natuurlijk niet vervangen.'

Irene glimlachte triest. 'Wat zielig voor haar.'

'Zeg dat wel.' Bob schudde zijn hoofd. 'Dat ga ik hem ook vertellen als ik hem tegenkom. Een echte vader laat zijn kind niet in de steek. En een echte vent bedriegt zijn vrouw niet.'

Irene wist niet goed waar ze moest kijken.

'En hij heeft haar ook nog eens berooid achtergelaten', zei Bob, nog steeds boos. 'Deze vakantie, die ze zo hard nodig had, kon ze niet eens betalen, omdat hij alles had meegenomen.' Hij schudde zijn hoofd en blies zijn adem uit via zijn neus.

Irene maakte uit die woorden op dat Bob voor de vakantie had betaald. Dat raakte haar. Hij was duidelijk het type grote mond, klein hartje.

'Aardig van je om mee te gaan', zei ze. 'Anders zit ze hier ook maar alleen met Isa.'

Bob glimlachte even. 'Om eerlijk te zijn: ik wilde

helemaal niet. Met geen tien paarden krijg je mij naar een camping, zei ik nog.'

'En nu?'

'Ach.' Bob liet zijn blik over het veldje dwalen. Aan de andere kant ervan waren vier jongetjes aan het voetballen, onder luid gejoel. Een paar tenten verderop huilde de baby. Bob haalde zijn schouders op. 'Isa heeft het naar haar zin en mij valt het allemaal behoorlijk mee. Het zwembad is mooi en de speeltuin geweldig. En verder...' Hij kneep zijn ogen samen. 'Leuke mensen.' Bob keek haar aan. 'Mooie vrouwen.'

Irene sloeg haar blik vluchtig neer, maar toen vingen zijn ogen toch weer die van haar. Ze dacht dat ze het misschien verkeerd had verstaan, of niet goed begrepen. Maar dat was niet zo, hij glimlachte alsof hij wilde zeggen: wat heb je daarop te antwoorden? Haar ongemak leek hem te amuseren. Het was zo lang geleden dat ze had geflirt, ze wist niet goed wat ze hiermee aan moest. Niet doen, dat zou het meest logisch zijn.

Ze glimlachte. Het ongemak dat er eerst was geweest, ebde weg. 'Is dat zo?' vroeg ze, haar blik steeds meer zelfverzekerd. Bob leek verrast te zijn dat ze niet wegkeek. Heel licht trok hij zijn wenkbrauwen op. 'Zeker', antwoordde hij, een lachje rond zijn lippen. 'En aangenaam gezelschap.'

Irene sloeg haar blik neer en zocht naar een antwoord. Op dat moment klonken er twee vrolijke kinderstemmen. 'Hé, oom Bob.' Dat was Isa, die meteen naar haar oom toe liep. Ze ging op de leuning van zijn stoel zitten.

'Ha prinses', zei hij. 'Ik kwam je halen, want ik wilde even naar het stadje.'

'Gaat mama ook mee?'
'Wat denk jij? Die wil natuurlijk winkelen.'
Isa's ogen begonnen te glimmen. Bob keek quasi-getergd naar Irene. 'Met twee vrouwen op vakantie, het is gewoon niet te doen.'
Irene glimlachte. 'Succes.'
Bob stond op en tilde met het grootste gemak Isa in de lucht, die giechelde van plezier. Daarna zette hij haar op haar voeten en pakte haar fiets, die hij aan zijn hand meevoerde. Met zijn andere hand hield hij die van zijn nichtje stevig vast. Irene wist niet waarom, maar ze bleef naar het tweetal kijken tot ze veel verderop pas uit het zicht verdwenen. Met een vreemd gevoel wendde ze uiteindelijk haar blik af.

Hoofdstuk 8

'Wat gaan we doen dan?' Vanaf de achterbank klonk Stefs stem, waarvan de toon duidelijk moest maken dat hij het nog steeds niet eens was met de gang van zaken. Twintig minuten eerder, op de camping, had hij dat al laten merken. Irene wierp een blik over haar schouder en keek naar het boze gezicht van haar zoon. 'Toch niet winkelen?' vroeg Stef, en de toon van zijn stem bevatte nog wat meer afschuw dan eerder.

'Gewoon even naar de markt en het stadje bekijken', zei Irene. 'En daarna gaan we ergens lunchen.'

'Het is veel te warm om te winkelen.'

'We gaan ook niet winkelen.'

'Wel.' Dat was Nikki. 'Je hebt beloofd dat we misschien wel kleren gaan kopen, mam.'

'Ho ho, ik heb helemaal niets beloofd. Ik zei dat we naar

de markt gaan en dat ze daar misschien wel kleren hebben.'

'Dus toch winkelen.' Stef rolde met zijn ogen. 'Ik heb daar helemaal geen zin in. Het is honderd graden.'

Irene keek naar Jacco, maar die had zijn blik op de weg gericht. Niet dat het erg druk was, maar Jacco leek het prettig te vinden zich aan deze discussie te onttrekken. Dat was eigenlijk precies wat Irene ook wilde doen.

'We lopen een rondje over de markt, kijken even in het stadje en dan gaan we wat eten', zei ze. 'Misschien komen we een leuke winkel tegen. In elk geval weet ik zeker dat we ergens ijs kunnen krijgen.'

'Chocolade-ijs?' vroeg Stef, zijn gezicht meteen vrolijker.

'Dat lijkt me wel.'

Irene draaide zich weer om naar voren. Het was maar twintig minuten rijden naar Palafrugell, een klein stadje waarvan de markt een van Irenes favorieten in de omgeving was. Nadat ze er jaren geleden voor het eerst verzeild waren geraakt, wilde Irene als ze in de buurt was altijd minstens twee keer per week naar die markt. Hij was niet alleen groot, je kon er de heerlijkste tapas krijgen en Jacco kwam altijd blij thuis met een stuk vlees voor op de barbecue en prachtige groenten.

Tien minuten later reed Jacco het stadje binnen. Het was al behoorlijk druk. Ze stonden een tijdje te wachten voor een stoplicht. Er reed een grote touringcar voorbij. Solmar, las Irene, met daarnaast een logo in vrolijke regenboogkleuren. Toen de bus gepasseerd was, konden ze verder rijden. Het liep al tegen tienen en dan was het moeilijk om nog een parkeerplek te vinden, zoals in zoveel Spaanse stadjes het geval was. Ze reden twee rondjes en net toen Jacco zuchtte dat hij de auto verder weg zou moeten zetten, verliet een witte Seat een parkeervak.

Toen Jacco geparkeerd had, stapten ze allemaal uit. Als laatste kroop Rianne uit de auto. Ze had opgevouwen gezeten tussen Nikki en Stef in en rekte haar rug en schouders toen ze uitstapte. 'Gaat het?' vroeg Irene lachend. Haar zus grinnikte ook. 'Prima. Gelukkig ben ik niet een van de grootsten.'

'Welke kant moeten we op?' vroeg Jacco.

Irene wees en even later liepen ze door de krappe straatjes in de richting van de markt. Af en toe bleef Irene even staan omdat ze bijna niet langs groepjes oude mannen en vrouwen kon komen, die druk gebarend met elkaar stonden te praten. Irene glimlachte. Dit was een van de dingen die ze zo heerlijk vond aan Spaanse stadjes: overal was leven, overal zochten mensen elkaar op, en niet achter de voordeur maar gewoon op straat. En overal was eten. Ze snoof diep en merkte dat haar maag knorde, ook al was het pas halfelf.

'O, empanada's!' Dat was Rianne, die kennelijk ook trek had. Ze was blijven staan voor de etalage van een klein bakkertje, waar een flinke stapel van de gevulde deegenvelopjes lag.

'Zullen we?' vroeg Irene en haar zus knikte meteen. Jacco en de kinderen hadden er ook wel oren naar en even later liepen ze allemaal verder met een empanada in hun hand. Irene nam genietend een hap. 'Ik heb er in Nederland nog nooit eentje gevonden die zelfs maar in de buurt komt van wat ze in Spanje maken', zei ze tegen Rianne. Die knikte en humde instemmend en daarna botsten ze bijna weer tegen een groepje Spaanse vrouwen op en moest Irene haar zusje voor laten gaan bij het passeren.

'Ah, daar is het', wees ze, toen ze aan het eind van het straatje waren gekomen. Ze staken een plein met een paar terrasjes over en liepen de markt op, waar kooplui in luid Spaans hun etenswaren aanprezen en waar het naar kruiden rook. 'Ik ga even wat halen voor op de barbecue', zei Jacco, en hij liep weg in de richting van het overdekte gedeelte van de markt.

'Die zien we voorlopig niet terug', grinnikte Rianne. Ze kende haar zwager langer dan vandaag. Irene lachte ook. 'Hij spreekt geen woord Spaans en die verkopers geen Engels en toch komt hij elke keer met de mooiste stukken vlees aan. Zullen wij naar die kraam?' Ze wees naar een uitstalling van tientallen soorten groenten en fruit. Erachter stonden twee vrouwen en een man zich in het zweet te werken om de grote groep klanten te bedienen.

Rianne knikte. 'Ziet er lekker uit.'

Nikki was naar een kraam iets verderop gelopen, om daar een heleboel armbandjes te bewonderen. Irene wachtte geduldig tot ze bij de groente- en fruitkraam aan de beurt was. Om haar heen werden in vlot Spaans bestellingen geroepen, de vrouwen achter de kraam draafden heen en weer om hun klanten zo snel mogelijk te helpen. Ook al was het nog ochtend, de temperatuur was al flink opgelopen. Veel te warm om je druk te maken, zou Jacco zeggen, maar daar dachten de Spanjaarden om haar heen kennelijk anders over.

'Señora!' Sneller dan verwacht keek een van de oudere vrouwen achter de kraam haar aan, knipperend met haar ogen. 'Sí?'

Irene vroeg of ze Engels sprak, de vrouw schudde haar

hoofd, maar met handen en voeten lukte het toch aardig om een bestelling te plaatsen. Even later kreeg ze een zware plastic tas overhandigd, waar aan de bovenkant groene bladeren uit staken. Irene betaalde en zei nog gedag, maar de vrouw achter de kraam was al met de volgende klant bezig.

Irene draaide zich om en mengde zich weer in de drukte. Ze bleef even staan om samen met Nikki de armbandjes te bewonderen. Uiteraard had haar dochter er alweer een heleboel gezien die ze graag wilde hebben – nee, móést hebben, naar haar mening. Irene deed haar mond al open om te zeggen dat Nikki thuis nog een sieradenkistje vol armbandjes had, maar naast haar glimlachte Rianne toegeeflijk. 'Je krijgt er drie van mij', zei ze. 'Ze zijn echt prachtig.'

Nikki juichte, vloog Rianne om haar nek en begon toen aan de zoektocht naar de drie allermooiste. Irene glimlachte naar haar zusje en keek toe hoe ze samen met haar nichtje de bandjes een voor een door haar handen liet gaan. Stef was naar de volgende kraam gelopen, waar speelgoed werd verkocht.

In gedachten verzonken keek ze om zich heen. Even sloot ze haar ogen en ze schudde kort haar hoofd. Het was alsof ze iets had gezien dat haar aandacht had getrokken, zonder dat ze het nog bewust had opgemerkt. Achter haar zonnebril kneep ze haar ogen samen en ze liet opnieuw haar blik dwalen, opmerkzamer nu. Ze begon al te denken dat ze het zich had verbeeld, toen ze een vreemd gevoel kreeg. Het was niet iets wat ze had gezien, realiseerde ze zich. Alsof ze een sensor in haar rug had, merkte ze dat er iemand naar haar keek.

Automatisch wist ze wie er achter haar stond. Het

verbaasde haar dat haar hart sneller begon te slaan, en tegelijkertijd ook weer niet. Ze legde haar hand in haar nek en had het idee dat haar huid warm en rood werd en niet van de zon. Haar eigen reactie kwam haar vreemd voor.

Het kwam door gisteren. Gisteravond, toen ze niet kon slapen omdat haar eigen hersenspinsels haar wakker hielden, was er allerlei gekkigheid in haar hoofd opgekomen. Dat Bob met een speciale blik naar haar had gekeken, dat hij extra hard had gelachen om haar grapjes, dat hij alles wat ze had gezegd interessant had gevonden. Meer dan interessant, zelfs.

Haar gedachten hadden haar lang belet om in te dommelen, maar vanochtend was ze niet moe geweest. Ze had zichzelf erop betrapt dat ze aan Nikki vroeg of Isa nog kwam spelen. Haar dochter had haar schouders opgehaald. 'Zien we straks wel.'

En nu stond hij achter haar, dat wist ze zeker. Ze slikte en draaide zich langzaam om. Hij stond dichterbij dan ze had verwacht en staarde naar haar. Vol zelfvertrouwen, geheel niet verbaasd haar hier tegen te komen. 'Dat is toevallig', zei ze met een stem die zonder reden schor klonk.

Hij knikte even, glimlachte en kneep zijn ogen samen. 'Zeg dat wel.'

Ze staarden elkaar aan. Irene zocht naar iets om te zeggen. Daar had ze nooit moeite mee, maar nu leken haar hersenen opgedroogd. Hij bleef haar aanstaren, totaal niet ongemakkelijk. Er speelde een lachje om zijn lippen. Zijn grijsblauwe ogen stonden vrolijk. Hij haalde een hand door zijn donkerblonde haar, dat niet van vorm veranderde.

Daar was het te kort voor. Hij was al bruin, zag ze, al kende ze de normale tint van zijn huid niet. Met de vingers van zijn andere hand speelde hij met zijn zonnebril die hij liet bungelen.

'Ireen?'

Ze keek om, geschrokken van de vragende stem van haar zus. Ze was blij dat ze haar zonnebril droeg.

'We zijn klaar.' Rianne hield haar hoofd schuin. 'Is er iets?'

'Nee. Nee, helemaal niet.' Irene hoorde dat ze nerveus klonk. Ze blikte even opzij naar Bob. 'Dit is mijn zusje Rianne', zei ze met een handgebaar. 'Kennen jullie elkaar al?'

'Nee', zei Bob, op het moment dat Rianne juist ja zei. De verwarring deed hen alle drie lachen. 'Sorry.' Hij keek haar verontschuldigend aan. 'Ja, natuurlijk, ik weet het weer. We hebben elkaar bij het zwembad ontmoet.'

Rianne knikte en keek daarna naar Irene, nog steeds verwonderd. Irene wendde haar blik af. Ze voelde zich betrapt, al sloeg dat welbeschouwd nergens op.

'Ook wat inkopen aan het doen?' vroeg Rianne, met een gebaar naar de marktkramen om hen heen.

Bob knikte. 'Dat wil zeggen: Isa en Lilian. Ik heb mijn snor gedrukt en ga koffiedrinken op een terrasje.' Hij gebaarde naar de krant die hij onder zijn arm geklemd hield.

Irene lachte. 'Dat is al de tweede keer dat je met ze gaat winkelen', zei ze, refererend aan gistermiddag.

'Kan Isa vanmiddag spelen?' vroeg Nikki op dat moment. Ze stak trots haar pols vooruit. 'Ik wil haar graag mijn armbandjes laten zien.'

'Vast wel', zei Bob. 'Wat mij betreft zijn we over een uur weer op de camping, maar ik ben bang dat ik iets te optimistisch ben. Halverwege de middag zijn we zeker terug.'

'Yes!' riep Nikki. Ze pakte een van haar armbandjes tussen haar duim en haar wijsvinger. 'Ik ga deze aan haar geven.'

'Wat lief van jou.' Bob keek naar Nikki met iets zachts in zijn ogen.

'Mam!' Dat was Stef, die een eindje verderop stond en nu druk wenkte. 'Kom eens!'

'Ik ga weer eens verder', zei Bob, zijn blik nog steeds in die van Irene gehaakt. 'Zo te horen gaan wij elkaar vanmiddag nog wel zien.'

Irene knikte. Ze opende haar mond, sloot hem weer en vroeg zich af waarom ze nu niets te zeggen wist. Bob knikte, zei gedag en het volgende moment ging hij op in de mensenmassa.

Opnieuw voelde Irene een blik op zich gericht, maar nu was het die van haar zusje. 'Wat?' vroeg ze, toen ze Riannes vragende ogen zag. Ze probeerde zo nonchalant mogelijk te kijken.

'Wat?' vroeg Irene, ongemakkelijk onder Riannes blik. 'Is er iets?'

Rianne fronste en leek niet goed te weten of ze moest lachen. 'Wat gebeurde hier nou?'

'Niets', zei Irene, terwijl ze voelde hoe haar wangen warm werden. Snel blikte ze om zich heen, maar de kinderen hadden Rianne gelukkig niet gehoord. 'Hou op, zeg. Het is gewoon een aardige vent.'

'Ha, daar zijn jullie.'

Irene had het gevoel dat ze allebei schrokken toen de

stem van Jacco ineens klonk. Haar eigen hartslag schoot in elk geval omhoog. Rianne keek met een ruk om.

'Hai', zei Irene, en gelukkig klonk haar stem normaal. 'Heb je iets lekkers gekocht?'

Jacco hield een tasje omhoog. 'Voor de komende dagen zitten we goed. Zijn jullie klaar hier?'

'Mam!' Dat was Stef, ongeduldiger nu. 'Kom nou even kijken.'

'Ik ga wel', zei Rianne. 'Hij heeft een cadeautje van me tegoed.'

Even later waren ze terug, Stef in het bezit van een voetbal met het logo van FC Barcelona erop.

'Kijk, pap.'

Jacco glimlachte. 'Prachtig, jongen. Zullen we nu iets gaan drinken?'

Ze vonden een restaurantje met een terras in de schaduw. Irene glimlachte naar haar zusje. 'Je hebt de kinderen heel blij gemaakt, geloof ik.' Rianne haalde haar schouders op. 'Ik vind het leuk om ze een beetje te verwennen.'

Ze draaide zich naar haar nichtje om haar iets te vragen, maar op dat moment zei Nikki: 'Weet je wie we net tegenkwamen, pap?'

Jacco schudde zijn hoofd. 'Geen idee?'

'De oom van Isa. Die was ook hier op de markt.'

'O.' Jacco keek even naar Irene. Ze wist niet goed waarom en deed alsof ze het niet zag. In plaats daarvan richtte ze haar aandacht op de menukaart.

'Mag ik vanmiddag met Isa spelen?' vroeg Nikki en Jacco knikte. 'Van mij wel, als Isa's ouders dat goedvinden.'

'Haar moeder en haar oom', verbeterde Nikki hem. 'Haar vader is weg.'

'O.' Jacco fronste. 'Waar is die gebleven dan?'

Nikki haalde kort haar schouders op. 'Geen idee. Isa weet het ook niet, geloof ik.'

Jacco keek naar Irene en trok kort zijn wenkbrauwen op. 'Wat sneu voor haar', zei hij.

'Maar haar oom is heel leuk', zei Nikki. 'Isa zegt dat hij veel leukere dingen met haar doet dan haar eigen vader deed. Die was toch al heel vaak niet thuis.' Nikki trok een rimpel in haar neus. 'Ze kent haar oom trouwens nog maar net.'

'Hoe bedoel je?' vroeg Irene fronsend.

'Hij was op reis en is pas net teruggekomen, zei ze. Ze heeft cadeautjes gekregen uit heel veel landen, ook al had ze hem nog nooit gezien.'

'Hm.' Irene knipperde een paar keer. 'Dat moet dan een lange reis zijn geweest.'

'Hij heeft de hele wereld gezien', knikte Nikki. 'En hij heeft overal gewerkt.'

Irene dacht vluchtig aan Bob. Op een of andere manier verklaarde deze informatie iets van zijn houding. Hij leek vrijgevochten, rauw bijna. Dat hij in de bouw werkte, paste daarbij.

Ze schudde haar hoofd om haar gedachten te verdrijven. Het gesprek was inmiddels verder gegaan. Jacco vertelde aan Rianne hoe hij in zijn beste Spaans eerst het verkeerde stuk vlees had besteld, maar de slager had het helemaal geen probleem gevonden om gewoon een nieuw stuk af te snijden. Irene grinnikte op wat naar ze hoopte het juiste moment was, maar ze merkte dat ze haar aandacht niet bij het gesprek kon houden. Onbewust keek ze om zich heen, maar ze vond niet wat ze zocht.

Hoofdstuk 9

'HIER, MOET JE KIJKEN.' RIANNE STOND STIL BIJ EEN BORD met daarop de afbeelding van een volkszanger die Irene vaag bekend voorkwam. 'Wolter Kroes treedt morgenavond op op het grote podium bij het zwembad.' Rianne keek haar opgewekt aan. 'Hoe leuk is dat? Zullen we daarnaartoe gaan?'

'Naar Wolter Kroes?' Irene grinnikte.

'Waarom niet? Na een paar sangria's is dat precies de muziek die je wilt horen.' Rianne begon iets te zingen dat Irene niet bekend voorkwam.

'Ach ja.' Irene haalde haar schouders op. 'Waarom ook niet? Met genoeg sangria zingen we waarschijnlijk alles nog mee ook.'

'Mooi.' Rianne keek tevreden.

'Jullie doen maar lekker waar jullie zin in hebben', zei Jacco. 'Als ik maar niet mee hoef.'

Irene schudde haar hoofd. 'Je kan niet eens mee, want iemand moet bij de kinderen blijven.'

'Heb ik ook eens een avond rust', zei hij lachend. 'Zeg, zullen we doorlopen, want die tassen beginnen in mijn handen te snijden.' Hij hief zijn handen, met daarin twee zware boodschappentassen. Ze hadden bij de campingsupermarkt wat water en frisdrank ingeslagen en nu waren ze op weg naar de tent.

'Ik loop even die kant op.' Irene wees in de richting van het restaurant. 'Daarachter is de wasserette en onze was zit nog in de machine.'

'Kan ik je helpen?' vroeg Rianne, maar Irene schudde haar hoofd. 'Het lukt wel. Misschien kun je beter Jacco helpen met sjouwen.'

Terwijl ze wegliep keek ze op haar horloge. Het was tien over drie. Stef had inmiddels een paar vriendjes gemaakt met wie hij zich in het zwembad vermaakte, Nikki was voor de derde dag op rij met Isa aan het spelen. Gistermiddag, nadat ze thuis waren gekomen van de markt, was Nikki ook meteen naar haar vriendinnetje vertrokken. Rond vijf uur had Irene gezegd dat ze haar ging halen, maar net toen ze aanstalten maakte om te vertrekken, was haar dochter al aan komen lopen.

Rianne had nogal nadrukkelijk naar haar gekeken, maar Irene had die blik genegeerd. Ze ging niet eens aan zichzelf toegeven dat ze ergens een steekje had gevoeld. Maar een steekje van wat? Ja, Bob was een aantrekkelijke man. Ja, ze was gevleid door zijn aandacht. Ja, ze zag de blik in zijn ogen als hij naar haar keek. Ze wilde dat het haar koud liet, maar om een of andere reden zocht ze het ook op. Wilde ze die blik in zijn ogen graag zien? Had dat iets met haar eigen huwelijk te maken? Vragen die zich aan haar opdrongen, maar waarop ze geen antwoord wist.

Ze schudde kort met haar hoofd. Ze moest gewoon normaal blijven doen. Het was niets voor haar om zich gek te laten maken.

Irene bleef staan en knipperde verbaasd toen ze merkte dat ze voor de ingang van het zwembad stond. Ze was zo in gedachten verzonken geweest dat ze verkeerd was gelopen. Ze liep om het gebouw van het restaurant heen en nam de deur naar de wasserette. Op dit tijdstip was er niemand. Iedereen lag vast in het zwembad of op het strand. Het enige geluid kwam van de zoem van een fan aan het plafond, die maar weinig verkoeling bracht. Alle wasmachines waren leeg, behalve de ene waarin zij haar spullen had gestopt. Een oranje lampje gaf knipperend aan dat het programma was afgedraaid. Irene trok het deurtje open en haalde haar natte plunje eruit. Ze keek weifelend naar de droger, maar schudde toen haar hoofd. Niet nodig, de was zou buiten net zo snel droog worden.

Net toen ze zich bukte om de wasmand op te pakken, hoorde ze achter zich het belletje van de deur. Toch nog een mede-campinggast die de zon had verlaten om wat was te doen, dacht ze, toen ze zich omdraaide. Het volgende moment stokte haar hartslag.

Zijn gestalte vulde de hele deuropening. Hij zette een stap naar voren en de deur viel langzaam achter hem dicht. Het belletje ging opnieuw, toen het door de bovenkant van de deur werd geraakt.

'Bob', zei ze, toen ze haar stem had hervonden.

'Liet ik je schrikken?'

'Nee, ik eh...' Irene haalde diep adem om de plotselinge benauwdheid te verjagen. 'Ik had gewoon niemand verwacht. Dacht dat iedereen nu wel in het zwembad zou liggen.'

'Ah.' Hij fronste. 'Ik niet.'

'Nee.' Irene keek naar zijn lege handen en daarna terug naar zijn ogen. Ze zei niets over het gebrek aan was. Sowieso leken alle woorden uit haar weggezogen te zijn. In de stilte die tussen hen in hing, bleef haar blik stevig in die van hem gehaakt. De wasmand voelde zwaar in haar handen.

'Ik zag je lopen', zei hij uiteindelijk.

Irene knikte. Haar nek voelde stijf. Ze gaf geen antwoord. Het was ook geen vraag. Ze zette de wasmand op de grond.

Bob deed een stap in haar richting. Ze rook de crèmeachtige lucht van zijn zonnebrand, vermengd met iets kruidigs. Haar lippen voelden opeens droog, hoe vaak ze er ook aan likte. Ze slikte moeizaam.

Bob leunde nog wat naar voren. Hij deed geen enkele moeite zijn intenties te verbergen. Dit was het moment, dat realiseerde ze zich heel goed. Het moment waarop ze de keus had. Ze was zich bewust van haar voeten, die geen millimeter in beweging kwamen. Haar handen, die langs haar lichaam hingen. Haar gezicht, dat ze naar hem had geheven. Haar ogen, die zich in die van hem hadden gehaakt. Zijn blik, die de hare waarschijnlijk weerspiegelde. Haar hartslag, die maar bleef stijgen.

Hij kwam dichterbij. Het leek volkomen natuurlijk, en dat was het ook, want dit was waarvoor hij was gekomen.

Ze kon hem al bijna voelen. Ze rook hem nu zo dichtbij. Hij stak zijn armen al uit, ze verbeeldde zich het gevoel van zijn handen om haar middel.

Het volgende moment lagen die er ook, zwaar en warm. Hij trok haar naar zich toe. Haar lijf reageerde onmiddellijk. Haar shirt plakte aan haar rug, haar hele lijf leek in brand te staan. Ze voelde haar hartslag tot in de uithoeken van haar lichaam. Haar oren bonsden, haar vingertoppen tintelden, haar lippen klopten. De temperatuur in de ruimte leek het kookpunt te bereiken.

Zijn lippen waren gulzig, warm en op een vreemde manier zachter dan ze had verwacht. Zijn hijgen deed haar realiseren dat ook zij naar adem hapte. Haar lichaam riep dat het moest doorgaan, maar in haar hoofd begonnen zoveel alarmbellen te rinkelen dat het, ondanks het feit dat het geluid niet echt was, pijn deed aan haar oren. Waar was ze mee bezig?

Terwijl haar tong gretig die van Bob vond, werd ze tegelijkertijd misselijk. De combinatie van dat gevoel en de enorme opwinding die in net zo grote mate door haar lijf golfde, was wonderlijk. Bob verplaatste zijn handen van haar middel naar haar rug en daarna meteen door naar beneden. Hete scheuten gingen door haar onderlichaam toen hij de band van haar zomerrokje bereikte. Datzelfde onderlichaam smeekte om door te gaan.

Ineens was het alsof haar hoofd uit elkaar spatte, zo hard klonk het alarm nu. Wat was ze in vredesnaam aan het doen? Ze had een man, een huwelijk, kínderen. Stak ze echt zo in elkaar? Rende ze nu naar een ander omdat het even tegenzat, omdat ze gekwetst was? En was dit dan haar goedkope wraak?

Ze rukte zich zo plotseling los dat Bob bijna voorover-viel. Zelf trof ze de wasmachines achter zich, anders had ze nog een stap terug gedaan. Met de rug van haar rechter-hand streek ze over haar brandende lippen. Ze rilde alsof ze koorts had. Allebei stonden ze stil, als een film die plotseling op pauze was gezet. De draaiende fan was het enige teken dat de film gewoon doorliep. Irene sloot even haar ogen en keek hem toen weer aan. Bob schraapte zijn keel.

'Irene.' Alleen dat, haar naam. Hij liet zijn blik op haar rusten. Ze probeerde de emotie erin te peilen. Begeerte, ja, maar er was meer. Er lag iets vragends in zijn ogen. Irene slikte moeizaam. Bob wendde zijn blik af. Hij staarde even naar haar, leek nog iets te willen zeggen, maar draaide zich toen om. Zonder om te kijken liep hij weg. Het belletje van de deur dreunde hard na in haar oren.

Toen ze naar buiten ging, voelde ze zich bibberig. Haar stappen op het gravelpaadje dat naar de tent leidde, dreunden hard na in haar oren. Haar lippen waren gezwollen en voelden vreemd toen ze er voorzichtig aan voelde. Zojuist, in het toiletgebouw, had ze koud water in haar gezicht geplensd. In de spiegel had ze niets aan zichzelf gezien, behalve haar rode wangen. Ze was een tijdje blijven staan, haar handen steunend op de wastafel. Toen twee vrouwen een paar bevreemde blikken in haar richting hadden geworpen, was ze maar weer naar buiten gelopen, de wasmand onder haar arm.

Ze voelde zich zo schuldig dat ze Jacco bijna niet onder ogen kon komen. En de kinderen... Automatisch ging ze nog wat langzamer lopen. Als iemand haar twee maanden geleden had verteld dat ze dit zou doen, zou ze diegene voor gek hebben verklaard. Zij? Zoenen met een ander?

Nooit. Daarvoor wist ze te goed hoeveel wat ze had waard was. En nog steeds kon ze niet geloven dat het was gebeurd. Het was makkelijk om te zeggen dat Bob was begonnen en dat ze erdoor was overvallen. Maar dan ging ze te eenvoudig voorbij aan het feit dat ze het had zien aankomen. Ze had zichzelf kunnen tegenhouden, op meerdere momenten. Waarom had ze dat niet eerder gedaan? Het was een vraag waarop ze niet zomaar antwoord kon geven. Ze zou daarover moeten nadenken, en goed ook.

Toen ze hun tent naderde, moest ze even blijven staan om zichzelf tot bedaren te brengen. Haar hart was nu helemaal een eigen leven gaan leiden, van een ritme in de slagen was geen sprake meer. Ze bleef staan en haalde een paar keer diep adem. Even sloot ze haar ogen en schudde haar hoofd, alsof ze daarmee de plaatjes uit haar hoofd kon weren. Een paar seconden lang zag ze zichzelf als van een afstandje. Het moest er vreemd uitzien: een vrouw met een volle wasmand die midden op het pad stilstond en mindfulnessoefeningen leek te doen. Ze slikte een paar keer en zette haar ene voet weer voor haar andere. Met haar tong likte ze aan haar lippen. Ze proefde Bob.

'Hé.' Rianne keek op van haar telefoon toen Irene naderde. Ze vermeed de blik van haar zusje. 'Even de was ophangen.' Rianne knikte half, maar leek niet echt te luisteren.

Aan de zijkant van de tent had Jacco een waslijn gespannen. Met nietsziende ogen plukte Irene natte kledingstukken uit de mand en hing ze over de lijn.

'Ireen?' Ze schrok van Jacco's stem. Zo hard dat ze iets voelde rekken in haar nek.

Haar antwoord klonk schor. Schuldig, bedacht ze, maar ze wist niet goed hoe dat klonk. 'Ja?'

Ze luisterde, maar er kwam geen reactie meer. Zo meteen zou ze hem onder ogen moeten komen. Ze hoopte maar gewoon dat hij niets zou merken. Ze had geen verhaal klaar voor als dat wel zo was.

Ze tastte naast zich in de wasmand en knipperde verbaasd toen die leeg bleek te zijn. Alle kleding hing naast elkaar, opgeruimd in de zon, er was geen reden meer om hier aan de zijkant van de tent te blijven staan.

Met stappen die zwaar voelden, liep ze naar de tent. Jacco was op de bank voor de tent gaan zitten en keek haar aan. Niet haar blik afwenden nu, dat was belangrijk. Schuldige mensen wendden hun blik af. Liegende mensen vermeldden te veel details. Ze wist niet waar ze die wijsheid ineens vandaan haalde.

Het leek uren te duren voor Jacco zijn ogen op iets anders richtte. Had hij dit ook beleefd? Die vraag kwam ineens in haar op. Ze vroeg zich af waarom, ze had niet eerder zo nagedacht over zijn ontrouw. Ook hij was thuisgekomen na zijn ontrouw en had haar uiteindelijk – de volgende ochtend – onder ogen moeten komen. Had hij gevoeld wat zij nu voelde? Ze probeerde er een woord voor te vinden, maar er waren te veel elementen die zich niet in één overzichtelijke omschrijving lieten verpakken.

Uiteindelijk liep ze naar binnen, de tent in. Haar benen voelden zwaar en in de snikhete slaapkamer liet ze zich op de rand van het bed zakken. Daar legde ze haar hoofd in haar handen en zo bleef ze een hele tijd zitten.

Hoofdstuk 10

'WAT GA JE DOEN, MAM?' VANAF DE BANK KEEK NIKKI haar verwonderd aan. 'Wat heb je met je haar gedaan?'

'Gewoon.' Irene haalde haar hand door haar steile lokken, die inderdaad anders aanvoelden dan anders. 'Tante Rianne heeft zich uitgeleefd met de stijltang.'

'Hm.' Nikki kwam overeind en bestudeerde Irenes haar. Net, in de spiegel, had Irene gezien dat het langer leek dan anders. En het glansde meer. 'Mooi', zei haar dochter en ze legde even haar hand erop. Daarna bewoog ze die naar haar eigen, blonde haar, waar dezelfde slag in zat die Irene normaal gesproken ook had. 'Ik ga vragen of ze mijn haar ook wil doen.'

'Morgen, liefje', zei Rianne, die die laatste woorden had gehoord. 'Nu ga ik dansen met je moeder.'

Nikki trok een rimpel in haar neus. Zoals het een

negenjarige betaamde, had ze weinig op met de danskunsten van haar moeder. Bij de jaarafsluiting op school had ze Irene nog gesmeekt om gewoon stil te staan toen de muziek aanging, net als haar vriendinnetjes bij hun eigen moeders. Irene vond het vermakelijk, ze herinnerde zich nog precies hoe ze dit vroeger bij haar moeder had gedaan.

'Ho ho,' zei Rianne grinnikend, 'wij kunnen heel goed dansen, hoor. Als je groter bent, mag je misschien wel mee.'

De rimpel werd dieper, Irene moest lachen. 'Kom mee, Rian, ik heb niet de indruk dat we geloofd worden.'

Jacco, die op zijn telefoon zat te kijken, hief zijn gezicht even op toen ze langsliepen. 'Veel plezier', zei hij. Irene boog voorover om hem een kus te geven. Sinds gistermiddag voelde dat voor haar geforceerd en stroef, maar Jacco leek gelukkig niets te merken. Gisteren had ze de eerste uren na Bob elke aanraking of kus met Jacco vermeden. Pas toen het begon op te vallen, had ze zichzelf gedwongen weer normaal te doen, omdat ze juist geen argwaan wilde wekken. Maar toen hij bij het klaarmaken van het eten even nonchalant haar schouder had aangeraakt en toen ze voor het slapengaan een kus hadden uitgewisseld, had ze zich een huichelaar gevoeld.

Ze zwaaide nog even naar de kinderen en daarna liep ze met Rianne mee. Ze voelde Jacco's kus nog op haar lippen, alsof haar eigen mond haar nog even wat extra schuldgevoel wilde bezorgen. En tegelijkertijd, dat was het stomme, bleef er maar dat stemmetje. Naast de schuld was er iets in haar dat een ongekende kriebel verspreidde. Ze wilde helemaal geen kriebel, maar het was sterker dan zij. Als ze haar ogen sloot, zag ze Bob. Als ze haar gedachten liet afdwalen, voelde ze onwillekeurig meteen zijn handen op haar rug.

'Toch?' vroeg Rianne en de vragende toon van het woord haalde Irene uit haar gedachten.

'Hm?'

'Vind je dat ook?'

Irene knipperde een paar keer. Ze had geen idee waar haar zusje het over had. Rianne glimlachte kort. 'Luister je wel?'

'Sorry.'

'Ik zei dat de sfeer zo gezellig is op de camping. Overal hangen lampjes en dan de muziek die bij zoveel tenten aanstaat.'

'O ja.' Irene knikte. 'Heel gezellig.'

Ze blikte opzij naar haar zusje. Zou ze iets doorhebben? Gistermiddag, toen ze terugkwam bij de tent en het ophangen van de was niet langer had kunnen rekken, was ze expres naast Rianne op de bank gaan zitten. Dan hoefde ze haar in elk geval niet aan te kijken. Rianne had het talent om altijd recht door haar zus heen te kijken en Irene wist dat van haar gezicht was af te lezen dat er een storm in haar woedde. Gelukkig was Rianne verdiept geweest in een tijdschrift en had ze geen aandacht besteed aan Irene. Irene op haar beurt had al haar energie besteed aan normaal doen.

Heel even had ze overwogen om haar zusje in vertrouwen te nemen. Het zou fijn zijn om haar hart te luchten nu haar geheim in plaats van kleiner alleen maar groter leek te worden. Ze voelde het overal, het zat elke seconde in haar hoofd. Het delen zou het misschien behapbaar maken.

Uiteindelijk had ze het niet gedaan. Het zou het ook ingewikkelder maken – wat als Rianne zich per ongeluk zou verspreken? – en bovendien vond ze het niet eerlijk naar Jacco als Rianne het zou weten en hij niet.

'Heb je er zin in?' vroeg Rianne en deze keer reageerde Irene wel meteen.

Ze knikte. 'Ja, heerlijk, een avondje uit met z'n tweeën. Dat is echt te lang geleden.'

Dat gedeelte was waar: ze ging zelden uit met Rianne. En ze had er ook wel zin in. Maar toch had ze de hele dag met de gedachte gespeeld om te doen alsof ze hoofdpijn had. Want ook al had ze Bob niet verteld waar ze vanavond heen zou gaan – ze had hem sinds de zoen helemaal niet meer gesproken – de kans dat hij er ook zou zijn was natuurlijk aanwezig. In gedachten had ze zich al voorbereid op een eventuele ontmoeting. Ze had zelfs al bedacht wat ze zou zeggen, namelijk dat dat van gisteren niet had moeten gebeuren en dat ze het erbij zou laten. Ook al vond ze hem heel aardig en aantrekkelijk, haar huwelijk was zoveel belangrijker.

In haar hoofd klonk het heel goed en redelijk. Nu moest ze alleen nog hopen dat ze het ook zo haar mond uit kreeg als het zover was.

Ze naderden het zwembad, waar een groot podium was opgebouwd. De muziek bonkte al. Wolter Kroes was er nog niet, in plaats daarvan speelde er een band die zichzelf kennelijk tot doel had gesteld zoveel mogelijk decibellen te produceren. Irene liep eerst maar eens naar de bar en bestelde twee mojito's. De knappe, jonge vrouw die enthousiast aan de slag ging met diverse flessen en een flinke hoeveelheid munt, heette volgens haar naamkaartje

Maxime. Irene keek toe hoe ze geroutineerd twee drankjes maakte. Daarna knipoogde ze vrolijk. 'Fijne avond!' zei ze in het Nederlands, zoals zoveel van het personeel hier Nederlands sprak. Met een vrolijk gevoel pakte Irene de drankjes en overhandigde er eentje aan haar zus. Ze proostten in de lucht.

Irene keek om zich heen. Het was behoorlijk druk. Ze kneep haar ogen samen, maar zag Bob nergens. Met zijn lengte zou hij haar zijn opgevallen als hij er wel was.

Sneller dan goed voor haar was dronk ze van haar mojito. Rianne hanteerde hetzelfde tempo en bestelde twee nieuwe drankjes. Wolter Kroes betrad het podium. Het publiek joelde. Wolter droeg een glittershirt en een witte broek, sprong heen en weer en had er zin in. Irene voelde de mojito's rechtstreeks haar aderen in gaan. Ze kreeg er energie van. Dat ze Bob nog steeds niet had gezien, stemde haar hoopvol dat hij niet zou komen.

'Kom mee', zei Rianne, haar arm pakkend. 'We gaan dansen.'

Het was lang geleden dat ze op een dansvloer had gestaan. Eerst voelde het onwennig, toen kreeg ze de smaak te pakken. De muziek had een goede beat, de menigte deinde, drank vloeide. Ze sloot even haar ogen, terwijl haar lichaam automatisch bewoog op de maat van de muziek.

En net toen ze ervan uit durfde te gaan dat ze Bob vanavond niet zou zien, drukte iemand een nieuw, koel glas in haar hand. Ze wist meteen wie het was. Zijn aanwezigheid omringde haar. Ze opende haar ogen, knipperde, voelde meteen een bliksemschicht door zich heen gaan. Rianne was verdwenen.

Bob glimlachte en begon ogenblikkelijk te dansen, dichtbij, zijn handen bezitterig op haar rug. Ze deed een stap naar achteren en stond op de voet van iemand die geïrriteerd 'auw' zei. Irene verontschuldigde zich en keek om, op zoek naar ruimte om de afstand tussen haar en Bob te vergroten. Dat had geen zin, want voor elke stap die zij deed, zette hij een grotere.

'Bob...' zei ze, toen ze uiteindelijk aan de rand van de dansvloer waren beland en een muurtje haar belette om nog verder te lopen. Ze haalde diep adem en tastte in gedachten naar de woorden die ze had geoefend. Die ontglipten haar echter en toen ze haar mond opendeed was het enige wat eruit kwam: 'Ik wil dit niet.'

Even vroeg ze zich af of ze het wel verstaanbaar had gezegd, want Bob reageerde niet noemenswaardig. Sterker nog, hij stapte weer naar voren en stak zijn handen uit, maar deze keer was Irene sneller. Ze pakte zijn polsen en hield hem tegen. 'Heb je me gehoord? Ik wil dit niet.'

Nu keek ze hem wel aan. Tot haar verbazing las ze op zijn gezicht niets dan verwondering, alsof het hem oprecht vreemd voorkwam dat ze hem afwees. Hij maakte een geluid dat van alles kon betekenen.

'Ik ben getrouwd', zei ze, en toen kwamen de woorden terug die ze had geoefend. 'Het ligt niet aan jou. Ik vind je heel aardig en aantrekkelijk, maar...' Haar zin eindigde in schouderophalen en slikken en toen zei ze: 'Mijn huwelijk is me meer waard.'

Bob tuitte eerst zijn lippen en likte er toen aan, langzaam, alsof hij er zeker van wilde zijn dat ze het zag. Toen zei hij: 'Je huwelijk.'

'Ja.' Irene slikte. De ondertoon die ze meende te horen,

moest verbeelding zijn. Cynisme, waarom zou dat in zijn stem vermengd zitten? Alsof hij iets wist van wat er tussen Jacco en haar speelde. 'Gisteren... Ik had het niet moeten doen. We moeten hiermee stoppen.'

'Tja.' Hij keek haar aan met iets spijtigs in zijn blik. 'Ik ben bang dat ik daar anders over denk.'

Ondanks de zwoele avond en de warmte die werd verspreid vanuit de grote groep mensen op de dansvloer, trok er een huivering over Irenes rug. Heel langzaam, helemaal vanuit haar nek tot haar stuitje. Het waren niet zijn woorden, die je op een bepaalde manier nog subtiel kon noemen. Het was de manier waarop hij ze uitsprak. De nuance die hij er misschien door zijn woordkeus in legde, werd door de toon in zijn stem volledig tenietgedaan.

Hij keek haar aan, zijn blik gefixeerd op die van haar. Dat deed hij vaker, besefte ze nu pas. Aanstaren, met gedachten die zich moeilijk lieten peilen.

'Isa en Nikki kunnen natuurlijk nog steeds samen spelen', zei ze. 'Maar ik denk dat het beter is dat wij proberen elkaar niet tegen te komen.'

Weer dat staren. Irene wist niet of ze haar blik moest afwenden. Uiteindelijk deed hij het. Daarna schudde hij kort met zijn hoofd. 'Nee', zei hij toen. 'Zo werkt het niet.'

Plotseling lag zijn hand in haar nek. Ze stond stokstijf, geschrokken. Onbewust zette ze zich schrap voor het geval hij haar naar zich toe zou trekken, maar in plaats daarvan aaide hij haar alleen maar kort met zijn vingers. 'Tot snel, Irene.'

Het volgende moment ging hij op in de groep mensen. Wolter haalde nog maar eens uit, een geluid dat Irene als ongewoon hard voorkwam. Misschien kwam het doordat al haar zintuigen op scherp stonden dat het pijnlijk door haar oren sneed. Ze beefde over haar hele lichaam. Haar hoofd tolde.

'Ha, hier ben je.' Rianne dook naast haar op met opnieuw twee glazen in haar hand. Irene keek naar de drankjes en moest bijna overgeven. Met moeite slikte ze het zuur terug dat al in haar keel zat.

'Ik ga', zei ze.

Rianne keek verbaasd. 'Hoezo? Het is net begonnen.'

'Ik voel me niet lekker.' Irene haalde diep adem. 'Ik weet niet wat het is, maar ik ben ineens heel beroerd.'

'Ik loop met je mee.'

'Nee, dat hoeft niet.' Irene legde even haar hand op Riannes arm om haar gerust te stellen. Haar zusje voelde warm om haar eigen, ijskoude vingers. 'Ik red me wel. Ga jij maar lekker feesten.' Ze keek even langs Rianne, maar Bob was nergens te zien.

'Moet ik echt niet even meelopen? Ik vind het geen fijn idee dat je in je eentje terugloopt als je niet lekker bent.'

'Ik red me wel. Ik stuur je een berichtje als ik er ben.'

Na die woorden liep ze weg, om de dansvloer heen. Ze lette niet op en stapte per ongeluk in het ondiepe zwembadwater. Het koele water op haar voet ontlokte haar een geschrokken kreetje. Even bleef ze staan. Ze keek om, maar zag Rianne niet meer. Bob evenmin.

Er kwamen nog steeds mensen aan en het kostte Irene moeite om haar weg naar de uitgang te vinden. Toen het uiteindelijk gelukt was en ze naar hun tent liep, voelde de camping vreemd rustig. De muziek klonk hier natuurlijk door, maar er waren geen mensen. Het paadje waarop ze liep was leeg, pas verderop zou ze weer tenten tegenkomen.

Het was fijn om even alleen te zijn. Ze wilde ook eigenlijk niet terug naar de tent, ze wilde gewoon even weg bij Rianne, bij iedereen. Het idee kwam in haar op om naar het strand te gaan, maar ze schudde haar hoofd. Zo alleen wilde ze nou ook weer niet zijn.

In haar hoofd speelde ze de film af van haar gesprek met Bob. Omdat haar zintuigen allemaal wijd open hadden gestaan, kon ze zich ieder detail herinneren, iedere beweging, ieder woord. Alsof ze had aangevoeld dat het een vreemd gesprek zou worden, dat hij niet zo makkelijk zou accepteren wat ze zei en ze had geweten dat ze scherp moest zijn.

Wat had hij eigenlijk gezegd? 'Ik ben bang dat ik daar anders over denk.' Waarover? Over haar gevoel? Het was welbeschouwd een vreemde opmerking. Hij kon een ander gevoel hebben – en te oordelen naar wat hij had gezegd, durfde ze die conclusie wel te trekken – maar hij kon toch moeilijk een andere mening hebben over háár gevoel?

'Zo werkt het niet.' Dat had hij ook nog gezegd. Maar zo werkte het wel. Zij had zich bedacht en ze had beëindigd wat amper was begonnen. Zo rationeel als ze het nu bedacht, was het eigenlijk ook.

En toch was er iets in zijn blik geweest dat haar aan het wankelen had gebracht. Hij had spijtig gekeken op een manier die duidelijk maakte dat hij het heel vervelend vond, maar dat het onvermijdelijk was dat hij niet kon meegaan in haar mededeling dat hun eenmalige zoen geen vervolg zou krijgen. Misschien had hij al het een en ander gedronken, bedacht ze, hoewel hij niet dronken had geoogd. Misschien verklaarde dat toch zijn reactie. Morgen, bij het wakker worden, zou hij zich alsnog kunnen realiseren dat zijn reactie nergens op sloeg. Ze was toch vrij duidelijk geweest. En respectvol, vond ze zelf. Expres had ze niet gezegd dat ze spijt had, omdat ze dat onaardig vond. Het lag niet aan hem. Het had zelfs niet met hem te maken. Zíj was degene die getrouwd was, zíj was degene die zich had laten meeslepen. Waar ze spijt van had, was dat ze hem misschien valse hoop had gegeven, als hij uit was geweest op meer.

Ze liet haar hoofd in haar handen rusten en wilde dat ze het beeld van Bobs gezicht van haar netvlies zou kunnen wissen. Die blik, er was iets mee. Alsof er onder dat dunne, spijtige laagje nog iets school. Het zweefde door haar hoofd, maar ze kon er net niet bij. Het was niet rationeel, niet iets waarvoor makkelijk een woord te vinden was. Toch zat het haar niet lekker. Morgen zou Isa misschien wel met Nikki spelen en dan zou ze terloops informeren hoelang zij nog bleven. Ze zou zich een stuk beter voelen als ze wist dat Bob weer veilig terug was in Nederland. Dan zou ze hem in elk geval nooit meer hoeven te zien.

Irene haalde diep adem en keek om zich heen. In de verte hoorde ze nog de muziek, dichterbij was er niets dan het geluid van de krekels in de struiken achter haar.

Plotseling werd ze overvallen door een vreemd gevoel. Een zuchtje wind streek langs haar blote armen en benen en deed haar huiveren, ook al was de wind vanavond niet fris. Ze keek om zich heen. Het was stil op het pad, maar toch had ze het gevoel dat ze niet alleen was. Ze wist dat haar brein een spelletje met haar speelde, dat haar gedachten met haar aan de haal gingen. Ze kwam overeind met wankele benen, en dat kwam niet van de mojito. Weer keek ze om zich heen. Er was niets te zien en toch begon haar hart te bonken. Ze moest hier weg.

Met snelle passen begon ze in de richting van de tenten te lopen. Haar ene voet voor haar andere, steeds vlugger tot ze bijna rende. Haar hart bonkte nu harder en ze voelde koud zweet prikken in haar nek. Ademhalen deed pijn.

Geen moment keek ze om. Toen ze het eerste veldje met tenten bereikte, werd ze iets rustiger. In elk geval was ze niet meer alleen. Vlug liep ze door. Jacco zat nog onder de veranda, zag ze. Ze voelde opluchting en schuldgevoel en boven alles wilde ze nu gewoon heel graag naast hem zitten.

Hij keek verrast op. 'Nu al terug?'

Irene knikte.

'Was het niet leuk?'

'Jawel.' Haar stem klonk schor. Ze slikte, schraapte haar keel en haalde diep adem, wat pijn in haar longen veroorzaakte. Met een waterige glimlach keek ze Jacco aan. 'Ik wilde gewoon liever hier zijn.'

HOOFDSTUK 11

ZE WERD WAKKER VAN DE WARMTE. DE AIRCONDITIONING – 'Airconditioning?' had ze de eerste keer verbijsterd gevraagd, maar de tent was er werkelijk mee uitgerust – was 's avonds prima in staat de zwoele warmte te verdrijven, maar zodra de ochtend aanbrak redde het arme ding het niet. Haar laken voelde klam. Ze pakte haar telefoon om te zien hoe laat het was. 9.33 uur. Ze keek nogmaals, maar het stond er echt. Het was een tijd geleden dat ze tot zo laat had geslapen.

In de krappe badkamer keek ze in de spiegel. Haar huid was vlekkerig, al verhulde haar bruine teint dat. Met haar vinger streek ze over haar nek en verbeeldde zich dat ze Bobs hand nog voelde. Gisteravond had ze nog lang wakker gelegen. Eén uur, twee uur, ze had het allemaal voorbij zien komen op haar telefoon. Rianne was om halftwee teruggekomen en had op haar manier zachtjes gedaan, met wisselend succes. Jacco en de kinderen hadden echter door haar gebonk heen geslapen, Irene was niet uit bed gegaan om haar zusje te begroeten.

In het keukentje stopte ze een cupje in de Nespresso en keek toe hoe het zwarte vocht door het pijpje werd geperst. De geur vulde haar neus. Het kopje werd voor de helft gevuld, meteen stopte ze een tweede cupje in het apparaat en zette het opnieuw aan.

Achter zich hoorde ze het tentdoek ritselen. Ze keek om. 'Hoi.'

Jacco glimlachte. 'Lekker geslapen?' vroeg hij.

Irene pakte haar kopje en snoof. Daarna knikte ze. 'Ja, bedankt dat je me hebt laten uitslapen.'

Jacco pakte een glas en vulde dat met vruchtensap. 'Je was nog zo diep in slaap.'

Achter hem aan liep Irene naar buiten. Jacco ging aan de tafel zitten om de Nederlandse krant te lezen die hij kennelijk bij de campingsupermarkt had gekocht. Irene nam plaats op de loungebank. 'Waar zijn de kinderen?'

'Stef is naar de speeltuin, Nikki is een halfuur geleden al door Isa opgehaald om te gaan spelen.' Jacco gebaarde naar zijn krant. 'Daar hoor je mij niet over klagen.'

Irene deed haar best om normaal te reageren. 'Leuk', zei ze, terwijl haar eigen stem haar ongewoon hoog in de oren klonk. Jacco leek niets door te hebben. Ze vroeg zich af of hij haar wel had gehoord.

Misschien moesten ze vandaag iets gaan doen. Even weg van de camping, zodat ze Bob sowieso niet zou tegenkomen. Anders was de kans groot dat ze hem straks zou treffen, als de meisjes bijvoorbeeld bij hun tent kwamen spelen. Tot nu toe was Bob elke keer als Isa er was, wel even langsgekomen om te checken of het allemaal goed ging. Als hij zijn woorden van gisteravond echt meende, had Irene niet de illusie dat hij dat nu zou laten omdat zij daarom had gevraagd.

Aan de andere kant, misschien moest ze hem dan maar gewoon onder ogen komen. Als hij net zo lang bleef als zij, had ze nog meer dan veertien dagen met hem te gaan op de camping. Het idee dat ze hem al die tijd kon ontlopen, was niet erg reëel. Ze kon natuurlijk vandaag een dagje uit gaan, maar morgen? En overmorgen?

'Ik heb de kinderen beloofd dat we straks naar het strand gaan', zei Jacco, alsof hij haar gedachten aanvoelde. 'Ga je mee?'

Irene aarzelde. Ze deed haar mond open om voor te stellen vandaag weg te gaan, maar uiteindelijk sloot ze hem weer. Een ander idee kwam bij haar op, iets dat haar ineens aanlokkelijk voorkwam. 'Ik denk dat ik straks even naar Torroella ga.'

Jacco keek verwonderd op van zijn krant. 'Hoezo?'

'Gewoon.' Ze haalde kort haar schouders op en probeerde een reden te bedenken, maar niets leek hout te snijden. Daarom koos ze voor iets vaags. 'Ik heb gewoon zin om wat rond te kijken. Maar daar zitten de kinderen en jij vast niet op te wachten.'

Half verwachtend dat Jacco zou zeggen dat ze net zo goed met z'n allen konden gaan, wachtte Irene zijn reactie af. Zeker op vakantie was Jacco een familiemens pur sang en deed hij het liefst veel samen, waarschijnlijk omdat dat er de rest van het jaar zo vaak niet van kwam. Maar tot haar verbazing haalde hij kort zijn schouders op. 'Prima, dan ga ik straks met ze naar het strand. Nog koffie?'

Hij stond op en pakte haar lege kopje. Voordat ze antwoord had gegeven, was hij al in de tent verdwenen. Op datzelfde moment stapte Rianne juist naar buiten. Ze droeg een kort broekje van sweatstof en een knalroze T-shirt en zag er ondanks haar korte nacht uitgeslapen uit.

'Hé', zei ze, toen ze naast Irene op de bank plofte. 'Voel je je wat beter?'

Irene keek haar niet-begrijpend aan. 'Hoezo?'

Rianne trok haar wenkbrauwen op. 'Je was toch niet lekker gisteravond?'

'O, dat...' Irene grimaste even. 'Ik had misschien wat rustiger aan moeten doen met de drank.'

'Ah.' Rianne knikte, en Irene hoopte dat ze niet zou doorvragen. Zoveel had ze helemaal niet gedronken. 'Ik ook', zei Rianne echter en legde haar vingers tegen haar slapen.

'Ben je nog lang gebleven?' vroeg Irene, hoewel ze wist hoe laat Rianne thuis was gekomen.

Rianne knikte. 'Ja, die Wolter ging maar door. Ik ben overgestapt op sangria en hoe meer ik daarvan dronk, hoe beter de muziek werd. Ik kwam wat vrouwen tegen uit Amsterdam en die wisten wel hoe ze een feestje moesten bouwen.'

Irene glimlachte. Ze was blij dat haar zusje een leuke avond had gehad.

'Wat was dat met jou en Bob?' vroeg Rianne. Ze praatte zo zacht dat Jacco het niet kon horen, maar toch keek Irene geschrokken naar het dichte tentdoek. Meteen daarna besefte ze dat die reactie nou juist deed wat ze niet wilde: Rianne het idee geven dat er meer speelde.

Ze schraapte haar keel. 'Hoe bedoel je?' vroeg ze, eveneens op gedempte toon.

'Ik zag jullie praten. Het zag er niet heel gezellig uit. En hij zat aan je.'

'O, dat', zei Irene, maar de luchtigheid waarmee ze het had willen uitspreken, was ver te zoeken.

Rianne ging rechtop zitten en draaide een kwartslag in Irenes richting. Die kon op haar beurt nu moeilijk de blik van haar zusje vermijden, ook omdat die nogal dwingend was. 'Ik heb eens nagedacht', zei Rianne. Irene wilde haar manen om zachtjes te doen, maar op dat moment klonk in de tent Jacco's ringtone. Ze hoorde opnemen met een begroeting aan het adres van Richard, een collega met wie hij inmiddels ook bevriend was. Meteen daarna zei hij dat hij natuurlijk tijd had voor wat advies en Irene ontspande een beetje in de wetenschap dat Jacco voorlopig wel aan het bellen zou zijn.

'Die Bob...' ging Rianne verder. Ze hield haar hoofd schuin. 'Ben je verliefd op hem?'

'Wat?' Irene probeerde verbaasd – nee, verbijsterd te reageren, maar ze hoorde zelf dat haar poging mislukte. Toch zette ze door. 'Hoe kom je daar nu bij?'

'Ireen...' Rianne trok met haar mond. 'Je bent nooit erg goed geweest in toneelspelen.'

Irene deed er het zwijgen toe, Rianne vatte haar stilte op als aanmoediging om door te gaan. 'Dus je bent verliefd op hem.'

'Ik ben helemaal niet verliefd.'

'Het is best een aantrekkelijke man, dat zie ik ook wel.'

'Maar ik ben niet verliefd', herhaalde Irene.

'Is er iets gebeurd tussen jullie?'

Irene wendde haar blik af. Ze wilde nee zeggen, maar tegelijkertijd was het verleidelijk om het toe te geven. Om erover te praten, zeker nu ze niet wist wat ze van Bob moest denken. Bovendien wist ze dat liegen haar inderdaad niet erg goed afging, dus zelfs al zou ze proberen het te maskeren, dan nog zou Rianne de waarheid waarschijnlijk van haar gezicht kunnen aflezen.

Ze slikte een paar keer, maar haar mond was zo droog dat er niet veel te slikken viel. Ze wist dat Rianne op antwoord wachtte en ook dat met elke seconde dat ze zweeg, de noodzaak tot antwoord geven kleiner werd. In de tent hoorde ze Jacco lachen. Ze sloot haar ogen. 'We hebben gezoend.'

Ze had verwacht dat Rianne zou reageren, maar in plaats daarvan bleef het stil. Haar zus keek recht voor zich uit en even twijfelde Irene of ze haar woorden wel luid genoeg had uitgesproken. Toen draaide Rianne haar hoofd naar haar toe. 'Was het wraak?'

Ondanks alles grinnikte Irene om de manier waarop haar zusje dat laatste woord uitsprak. 'Je lijkt wel zo'n voice-over van een horrorfilm', zei ze.

Rianne lachte ook. 'Jeetje Ireen, jij bent wel de laatste van wie ik zoiets had verwacht. Jij bent zo trouw als een labrador. Het moet wel een vorm van wraak zijn.'

'Nee.' Irene schudde haar hoofd. 'Jacco heeft mij pijn gedaan en dat was niet leuk en ik ben er niet op uit geweest om hem hetzelfde aan te doen. Zo zit ik niet in elkaar.'

Nu was Rianne weer serieus. 'Dat weet ik. Maar waarom deed je het dan?'

'Heel eerlijk: ik weet het eigenlijk niet. Ik vond hem aantrekkelijk en toen gebeurde het ineens, die zoen. Hij kwam de wasserette binnen en overviel me nogal. Ik heb me laten meeslepen.'

'En gisteravond heb je hem verteld dat je van hem af wilt?'

Irene knikte. 'Dat was het gesprek dat jij hebt gezien. Hij zei wel rare dingen. Dat hij er anders over dacht, bijvoorbeeld, toen ik zei dat ik voor mijn huwelijk wilde gaan. En dat het zo niet werkte, nadat ik hem had verteld dat ik liever geen contact meer wilde. Alsof hij me wel hoorde, maar het niet accepteerde.'

'Heb je hem sindsdien nog gesproken?'

Irene schudde haar hoofd. 'Dat niet, maar dat kan natuurlijk niet zo lang meer uitblijven, aangezien hij niet van plan leek ons contact te beperken. Maar goed, als hij er weer over begint, dan zal ik herhalen wat ik al heb gezegd.'

Rianne deed haar mond open om iets te zeggen, maar op dat moment kwam Jacco naar buiten. Irene schrok, omdat ze helemaal niet had gemerkt dat zijn telefoongesprek afgelopen was. Hij zette nog twee koppen koffie op tafel.

'Lekker', knikte Irene, Rianne zei niets. Irene keek naar haar zusje en hoopte dat Rianne het onderwerp voor nu zou laten rusten.

'Was het leuk gisteren?' vroeg Jacco aan Rianne, terwijl hij zijn plek aan tafel weer innam.

Zij knikte en vertelde een paar dingen, en Jacco luisterde. Onderwijl keek Irene naar zijn gezicht. Een paar keer lachte hij om iets wat haar zusje zei, zijn blauwe ogen stonden vrolijk. Ze meende er pretlichtjes in te zien.

Ze slikte en wendde haar blik af. 'Ik ga even naar het dorpje.'

Ze hoopte dat Rianne niet zou aanhaken. Dat deed haar zusje ook niet. In plaats daarvan keek Rianne alleen maar verwonderd, bij haar plotselinge mededeling. Irene vermeed haar blik, maar voelde Riannes ogen in haar rug toen ze naar binnen liep om haar spullen te pakken.

Het voelde als een bevrijding toen ze in de auto stapte. Even alleen zijn, met haar eigen gedachten. Ze bekeek zichzelf in de achteruitkijkspiegel. Blossen op haar wangen, opgefokte blik. Rond haar ogen zat een rood randje.

Met de radio op een Spaanse zender reed ze naar Torroella de Montgrí. Aan de rand van het dorp parkeerde ze bij een supermarkt, daarna liep ze naar het centrum. Ze probeerde op te gaan in de mensen. Hier en daar ving ze Nederlands op, verder voornamelijk druk gepraat in het Spaans. Ze dwaalde door de straatjes. Dronk koffie op een vol terras. Observeerde toeristen met rare sandalen en grote tassen. Dwaalde verder. Keek wat rond in een klein kledingwinkeltje met kleurige doeken en veel witte, gehaakte kleding. Voor de spiegel probeerde ze een jurk door het kledingstuk met hanger en al voor zich te houden. Ze schudde haar hoofd en verliet de winkel, net toen een kleine, gedrongen verkoopster aan kwam lopen. Ze keek een tijdje rond in een winkeltje met snuisterijen, voornamelijk kleurrijke, stenen vissen. Haar moeder hield hiervan. Uiteindelijk kocht ze een blauwgroen exemplaar met veel glimmers en liet het mooi inpakken. Ze moest zo langzamerhand terug, maar wilde liever blijven.

Bij de supermarkt kocht ze wat boodschappen. Brood, melk, fruit – ze wist niet eens of ze het nodig hadden. De caissière stopte alles in plastic tasjes. Irene voelde de hengsels in haar hand snijden toen ze de spullen meenam naar de auto.

Ze reed terug naar de camping. Hoe dichterbij ze kwam, hoe langzamer ze ging rijden. Haast stapvoets kwam ze aan bij de ingang. De slagboom zwaaide open nadat haar kenteken was herkend.

De parkeerplaats was bijna vol, maar ze vond een plekje niet ver van de tent. Ze stapte uit. Het felle zonlicht weerkaatste tegen het lichte grind van de parkeerplaats. Ondanks haar zonnebril stond ze te knipperen.

Misschien kwam het doordat ze was verblind dat ze hem niet zag naderen. Ineens stond hij naast haar. Groot. Massief, dat woord kwam voor het eerst in haar op. Hij leek gesneden uit één stuk robuust hout. De zon viel precies op zijn hoofd en weerkaatste op de bruiner kleurende huid.

'Jeetje, je laat me schrikken', zei ze, nerveus lachend, één hand op haar hart.

Bob staarde naar haar, er kwam geen lachje terug. 'Waar was je nou?'

'Hoe bedoel je?'

'Ik was bij je tent, maar je man zei dat je naar een of ander dorp was gegaan.'

'Ja?' vroeg Irene. Ze voelde lichte irritatie opkomen. 'En?'

Bob schudde kort zijn hoofd en liet haar vraag onbeantwoord. 'Laten we een stuk gaan lopen.'

Terwijl het puntje van zijn tong tussen zijn lippen door kwam, bleef Bob haar aankijken.

Irene schudde haar hoofd. 'Ik eh...' Ze gebaarde vaag in de richting van de auto en de tent verderop. 'Ik heb andere plannen.'

'Je kunt best even meelopen.'

'Nee.' Ze verplaatste haar gewicht van haar ene op haar andere been. 'Luister, het spijt me als ik verkeerde verwachtingen heb gewekt, maar ik wil het hier graag bij laten. Die zoen was geweldig, je bent een aantrekkelijke man, maar ik ben getrouwd en wil niet vreemdgaan.'

'Dat heb je al gedaan.'

'En ik ben er weer mee gestopt. Het zou echt enorm helpen als je mij met rust zou laten.'

'Het zou helpen?'

'Ja. Je maakt het nu alleen maar ongemakkelijk voor ons allebei. Laten we proberen het contact zo minimaal mogelijk te houden.'

'Ik heb je al gezegd dat dat niet gaat.'

'Natuurlijk wel.' De irritatie moest nu van haar gezicht af te lezen zijn. 'Dat lijkt me nu ook weer niet zo ingewikkeld.'

'Weet je man het eigenlijk?'

'Wat? Nee, natuurlijk niet.'

'Wat zou hij ervan vinden als hij erachter kwam?'

'Chanteer je me nu?'

Bob trok met zijn mond. Ondoordringbaar. Dat woord kwam bij haar op. Het paste bij Bob. Hij was gehard, misschien van zichzelf, misschien door het leven. Er zat een litteken op zijn arm, of eigenlijk waren het meerdere kleine littekens. Automatisch vroeg ze zich af hoe hij eraan kwam, zonder de intentie er bij hemzelf naar te informeren.

Bob snoof even. Irene meende sarcasme in zijn blik te zien. 'Je denkt te makkelijk, Irene. Jij noemt het chantage, maar dat is het niet. Het zijn gewoon de feiten.'

'Bob, ik vind het echt niet prettig dat je zo doet.' Terwijl Irene zichzelf hoorde praten, bleef de blik op het gezicht van Bob onveranderd. Het was niet eens duidelijk of hij haar woorden had gehoord, al kon dat bijna niet anders omdat hij zo dicht bij haar stond. Dichterbij dan ze wilde, eigenlijk.

Uiteindelijk deed hij zijn mond weer open en met een stem die niets spijtigs bevatte, zei hij: 'Het spijt me, Irene.'

Ze keek hem niet-begrijpend aan. 'Wat spijt je?'

Ineens was hij er, op dezelfde plek als gisteren. Zijn hand in haar nek, zijn vingers heen en weer bewegend. Als aaien, hoewel de beweging daarvoor te hard en te ruw was. Hij hield zijn hoofd schuin, blies zijn adem uit en met die lucht kwamen ook woorden mee waarvan ze ook al niet begreep wat hij ermee bedoelde. 'Ach, Irene...'

Net zo snel was het ook weer voorbij. Bob haalde zijn hand weg en verdween in de richting van waaruit Irene was komen aanrijden. Zijn tent was de andere kant op, wist ze. Trillend keek ze hem na. Hoe kon ze ooit hebben bedacht dat ze ook maar iets met deze man te maken wilde hebben?

Het duurde even voor ze haar ademhaling onder controle had en toen nog even voordat ze weer op haar benen durfde te vertrouwen. Ze slikte een paar keer, maar haar mond was alleen maar droger geworden. Langzaam bewoog ze haar hand naar de ontgrendeling van de kofferbak en opende hem. Zonder in beweging te komen, staarde ze naar de boodschappen.

Hoofdstuk 12

DE HELE TIJD WAS ER ONRUST. ZE VOELDE HET BIJ HET opstaan, bij het ontbijt – waarbij ze met lange tanden een halve croissant at – en bij de koffie op de loungebank terwijl de kinderen voor de tent speelden. Momenten die ontspannen zouden moeten zijn en precies die kleine dingen waarvan ze op vakantie zo kon genieten. Maar nu genoot ze niet.

Bob had niets meer van zich laten horen, maar ze durfde er geenszins op te vertrouwen dat dat zo zou blijven. Zijn woorden van gisteren bleven maar door haar hoofd gaan, op haar netvlies stond zijn blik. Vooral die blik. Ze had moeite er een woord voor te vinden, maar als ze iets zou moeten noemen, zou ze zeggen dat hij onheilspellend keek. Al had ze geen idee welk onheil daarmee samenhing. Ze hadden een keertje gezoend. Gezóénd. Meer was het niet. Oké, het had niet moeten gebeuren, maar ze had hem nu niet bepaald eeuwige trouw beloofd. Ze had hem sowieso niets beloofd. Zijn opmerkingen sneden op geen enkele manier hout. Dat hij er ook helemaal geen verklaring voor gaf, moest wel komen doordat er geen verklaring was. Het enige wat ze kon bedenken was dat hij het type was dat het leuk vond om macht uit te oefenen, of de illusie te hebben dat hij dat kon. Dat hij dacht dat hij haar in de tang had door te dreigen het aan Jacco te vertellen.

Wat als hij dat zou doen? Die vraag was gisteren ook al door haar hoofd gegaan. Meteen waren haar hersenen als vanzelf allerlei scenario's gaan construeren. Jacco kon woedend worden, de vakantie afbreken, bij haar weggaan. Hij kon haar de rest van de vakantie doodzwijgen, of wraak nemen door subiet weer contact te zoeken met Alina. Maar welk scenario ze ook bedacht, het waren stuk voor stuk goedkope opties die niet bij Jacco pasten. Hij zou vast boos zijn, gekwetst ook. Hij zou het misschien niet begrijpen, maar aan de andere kant: ze begreep het zelf ook niet. Net als Rianne zou hij denken dat ze uit was op wraak, en zij zou proberen uit te leggen dat het daar niet mee te maken had. Maar ze wist dat het niet het einde van hun huwelijk zou betekenen, en ook niet het einde van hun relatie. Die wetenschap gaf zoveel rust. Wat had ze te vrezen van Bob?

De opluchting die ze zichzelf verschafte, maakte dat ze iets vrolijker werd. Rationeel gezien had Bob maar één middel om haar onder druk te zetten, en eigenlijk was dat geen middel. Verder kon hij boos zijn, beledigd, woedend, van alles. Maar het was zijn eigen probleem, niet dat van haar. En eerlijk gezegd kon ze zich niet voorstellen waarom een man die zo vrijgevochten overkwam als hij, in zak en as zou zitten als een vrouw hem na één zoen afwees. Op een of andere manier paste het niet bij wie hij was. Of wie hij leek te zijn, want zo goed kende ze hem natuurlijk helemaal niet.

'Zin om mee te gaan?' Rianne kwam de tent uit in haar bikini, verhuld door een pareo van doorschijnend witte stof. 'Ik ga met de kinderen naar het zwembad.'

Irene kwam overeind. 'Leuk. Gaat Jacco ook mee?'

Haar man kwam net naar buiten en schudde zijn hoofd. Hij wees naar zijn laptoptas. 'Even wat mail beantwoorden. Er zijn twee aiossen die met een onderzoek bezig zijn en vastlopen op een aantal vragen. Hopelijk kan ik ze daarmee helpen.'

Irene knikte. Ze wist hoe belangrijk Jacco het vond om zijn artsen in opleiding te helpen. Zelf sprak hij nog steeds met warme gevoelens over de specialist die hem als kinderarts in opleiding destijds onder zijn vleugels had genomen. 'Een goede leermeester is de beste start voor een succesvolle carrière als arts', mocht Jacco graag met gevoel voor drama zeggen.

Irene verdween naar de slaapkamer om haar bikini aan te trekken. Snel schoot ze een strapless zomerjurkje eroverheen aan en liep weer naar buiten. De kinderen stonden ongeduldig te wachten. Irene pakte een handdoek aan van Rianne en met de opblaaskrokodil onder haar arm zette ze koers richting het zwembad.

'Ik hoop dat Isa er is', zei Nikki. Irene gaf geen antwoord. Ze hoopte van niet.

Die hoop bleek ijdel toen ze bij het zwembad arriveerden. 'Hè, gezellig', zei ze sarcastisch, toen haar blik zo'n beetje als eerste viel op Bob, die helemaal vooraan in het zwembad met zijn nichtje speelde.

'Kom mee', zei Rianne. 'Het zwembad is groot genoeg, we kunnen net zo goed een ligstoel aan de andere kant zoeken.'

'Ik wil hier blijven', zei Nikki met een verlangende blik op haar vriendinnetje.

'Hier zijn geen stoelen.'

Dat had Rianne snel gezien, stelde Irene vast. Er waren inderdaad geen ligstoelen meer beschikbaar. Zonder in Bobs richting te kijken, liep ze achter haar zusje aan, helemaal om het grote zwembad heen. Nu onttrokken de glijbanen haar aan het zicht van Bob, net als de grote, groene rots van kunststof die midden in het bad was gebouwd en waar water uit stroomde. In de waterval die daarmee werd gecreëerd, stond een groep kinderen te gieren van het lachen.

'Dit lijkt me wel een mooie plek', zei Rianne en ze legde hun spullen op twee lege ligstoelen op de derde rij. Daarna knoopte ze haar pareo los en drapeerde die eroverheen. 'Ga je mee zwemmen?'

Irene wierp een aarzelende blik op het water, die door Rianne haarscherp werd opgevangen. 'Laat je niet kisten door die gast. Hij moet je gewoon met rust laten. Als hij dat niet snapt, zal ik het wel even uitleggen.'

Irene glimlachte om de strijdbare blik op het gezicht van haar zusje. Soms wilde ze dat ze meer was zoals Rianne. Ze vermande zich. 'Je hebt gelijk. Kom mee, we gaan.'

Ze gingen het water in, waarbij Rianne een wedstrijdje deed met Stef wie het eerst kopje-onder was. Hoestend en proestend kwamen ze allebei boven en claimden gelijktijdig de overwinning. Irene ging op de opblaaskrokodil liggen, maar werd er vrijwel meteen door Nikki vanaf geduwd. Het chloorwater prikte in haar neus toen zij ook kopje-onder ging.

'Voetballen?' stelde Rianne voor.

Het werd meer een soort overgooispel met veel opspattend water. Irene begon met de minuut meer te ontspannen. Hoewel Bob waarschijnlijk nog aan de andere kant van het zwembad was, liet hij haar in elk geval met rust. Misschien had hij haar boodschap inmiddels toch begrepen.

'Ik wil met Isa spelen!' riep Nikki na een tijdje. Omdat Irene haar dat niet wilde verbieden, knikte ze. 'Wij blijven even hier.'

Ze keek toe hoe haar dochter wegzwom. Stef had bij de waterval twee van zijn vakantievriendjes ontdekt en verdween ook. Rianne en Irene liepen het water uit, Irene met de bal onder haar arm. Ze installeerden zich op de ligstoelen.

'Eén keer raden wie mij vandaag appte', zei Rianne, en toen, omdat ze er kennelijk van uitging dat Irene het toch niet zou raden, gaf ze meteen het antwoord. 'Desandro.'

Irene richtte zich op op één elleboog. 'Ik mag hopen dat je niet hebt geantwoord.'

'Natuurlijk niet.' Rianne trok haar neus op alsof ze daadwerkelijk iets vies rook. 'Hij is altijd maar op één ding uit.'

Irene trok haar wenkbrauwen op. 'Twee dingen: seks en geld.'

'Beide ga ik hem niet geven.' Rianne schudde beslist haar hoofd en staarde voor zich uit met een lichte frons. Irene dacht even terug aan de tijd dat haar zusje een relatie had gehad met Desandro Gonzalez, die vijf jaar ouder en vijftig centimeter langer was dan zij. Irene was er nooit gerust op geweest dat het goed zou aflopen. Ze was blij dat hun kortstondige relatie een jaar geleden na slechts vier maanden was geëindigd. Toen de spanning eraf was gegaan, was Rianne gelukkig tot het inzicht gekomen dat haar vriend niets anders dan slecht nieuws kon betekenen. De veel te dure auto waarin hij reed, de horloges die zijn pols sierden – bijna elke dag een ander, peperduur exemplaar – en de vrienden die hij had: allemaal tekenen dat zijn telefoonwinkel zich met meer zaken bezighield dan de verkoop van hoesjes en simkaarten. Dat had Irene haar zusje al veel eerder kunnen vertellen, omdat ze Desandro nog kende uit haar tijd met Barry.

'Wat wilde hij?' vroeg ze.

Rianne haalde haar schouders op. 'Geen idee. Hij vroeg hoe het met me ging en zei dat hij nieuws had. Ik heb niet geantwoord. Ik ken hem langer dan vandaag.'

Irene knikte en leunde achterover op haar ligstoel. Kennelijk had haar zusje toch iets geleerd uit die periode. De vriendjes die ze sinds Desandro had gehad, hadden tenminste niet het woord 'fout' zo ongeveer op hun voorhoofd getatoeëerd staan. Misschien zou het toch nog eens goed komen met haar smaak op het gebied van mannen.

Ze praatten nog even en toen pakte Irene haar boek. De kinderen vermaakten zich in het water. Rianne stond op en liep om het zwembad heen om een blik op Nikki te werpen, Stef speelde met zijn vriendjes binnen Irenes gezichtsveld. Ze durfde zich hoe langer hoe meer te ontspannen, zeker toen Nikki na een uurtje terugkwam met de mededeling dat Isa weg was gegaan.

Het liep al tegen het einde van de middag toen ze hun spullen pakten en naar de tent terugkeerden. Jacco had zich gestort op het bereiden van een tafel vol tapas en knikte tevreden toen ze aan kwamen lopen. 'Ik wilde jullie net bellen.'

Irene keek verlekkerd naar de hapjes. Ze ging aan tafel zitten, liet Jacco koele rosé in haar glas schenken en keek hem aan. 'Wat lief dat je dit allemaal hebt gemaakt.'

'De buren komen zo ook even langs', zei hij.

Irene keek verwonderd. 'Welke buren?'

Jacco wees met zijn duim naar rechts. Irene grinnikte. 'Heb je vrienden gemaakt?'

'Ik stond daarstraks even te praten en toen heb ik ze spontaan uitgenodigd. Leuke mensen.'

Even later schoof het jonge stel – Irene schatte hen begin dertig – aan. Ze kwamen uit Eindhoven en binnen een mum van tijd zaten ze met z'n allen te kletsen alsof ze elkaar al jaren kenden. Toen Irene na een tijdje de glazen wilde bijschenken, merkte ze dat de fles leeg was. Ze stond op en liep naar binnen om een nieuwe uit de koelkast te halen.

Haar blik viel op haar telefoon, die op het aanrecht aan de oplader lag. Het schermpje lichtte op doordat er een berichtje binnenkwam. Hoewel het natuurlijk van iedereen kon zijn, kreeg ze er een vreemd gevoel bij, zonder te weten waar dat vandaan kwam. Eigenlijk wilde ze het bericht negeren, maar automatisch ging haar hand naar haar mobiel. Ze voelde haar duim licht trillen toen ze op de homebutton drukte.

Bob. Het stond er. Droog en zakelijk, geen achternaam. Hoe kwam hij aan haar nummer?, was de eerste vraag die door haar hoofd schoot. Zij had het hem niet gegeven.

Lilian, beantwoordde haar eigen brein de opgeworpen kwestie. Ze had telefoonnummers uitgewisseld met Bobs zus, zodat ze elkaar konden bereiken als de meisjes samen speelden.

Irene haalde diep adem en dwong zichzelf haar blik weer op het scherm van haar telefoon te richten. Inmiddels trilde niet alleen haar duim, maar haar hele hand. Haar ademhaling was een gejaagd hijgen.

Ze opende het bericht. Haar ogen vlogen over de regels. En toen nog eens, omdat ze niet kon geloven wat er stond.

'Hulp nodig?'

Irene schrok zo van Riannes stem dat haar telefoon op de grond viel. Vlug raapte ze hem op. Rianne kwam naast haar staan en trok een kastje open. 'Ik neem even een glas water. Die wijn hakt er altijd harder in bij mooi weer. Hé, wat is er?'

Irene realiseerde zich dat het een vreemd gezicht moest zijn, zij met haar telefoon in haar hand, geschrokken gezicht, grote ogen. Rianne sloot het kastje. 'Ireen? Je kijkt alsof je een spook hebt gezien.'

Irene reikte haar zusje haar telefoon aan. 'Lees maar.'

Rianne pakte de telefoon verwonderd aan en begon te lezen. Ik laat me niet negeren. Niet meer. Het is tijd voor ons. Jij komt nu naar de strandopgang. Alleen.

Rianne keek Irene aan. 'Nou ja, zeg', zei ze verontwaardigd. 'Wie denkt die gast dat hij is? Dit moet echt stoppen. O, er komt nog een bericht binnen.'

Irene boog zich voorover om het te kunnen lezen, maar haar zusje las het al hardop voor. Als je kinderen je lief zijn, doe je wat ik zeg.

'Ik moet naar de politie', zei Irene, haar keel dichtgesnoerd. 'Ik moet aangifte doen. Dit is regelrechte bedreiging.'

'Dit is een klein kind dat een keer op z'n plek gezet moet worden', zei Rianne strijdlustig. 'Wat een idioot. Ik ga wel naar hem toe en dan zal ik hem haarfijn uitleggen wat ik van hem vind.'

'Nee', zei Irene geschrokken. 'Dat wil ik echt niet. Ik vertrouw hem voor geen meter.'

Rianne schudde haar hoofd. 'Je moet je niet zo snel bang laten maken. De enige manier om zo'n geknakt ego als dit te stoppen, is door hem de waarheid te zeggen. En dat is precies wat ik ga doen.'

'Ik wil het echt niet.' Met bonkend hart keek Irene toe hoe Rianne haar slippers aantrok. 'Je bent knettergek als je in je eentje naar hem toe gaat. Laat me dan op z'n minst meegaan.'

'Nee, dat is geen goed idee. Als jij komt, denkt hij dat hij je in zijn macht heeft. Laat mij dit doen.' Rianne keek haar zus aan. 'Geloof me, ik heb genoeg foute mannen de deur gewezen om te weten wat ik doe.'

Irene schudde met haar hoofd en deed haar mond open om iets te zeggen, maar uiteindelijk sloot ze hem weer. Ze wilde echt niet dat Rianne in haar eentje naar Bob ging, en tegelijkertijd wist ze dat haar zusje zich niet liet tegenhouden.

'Als ik over een uur niet terug ben, moet je me komen zoeken', zei Rianne en ze grijnsde. 'Dan lig ik waarschijnlijk met bakstenen aan mijn voeten in de zee.'

'Hè jakkes, hou op', zei Irene zenuwachtig. 'Ik vind het helemaal niet grappig.'

'Geintje. Wat kan er nou gebeuren? Op dit tijdstip is het

echt niet zo rustig op het strand dat hij me stilletjes kan vermoorden.'

'Rian, ik meen het', zei Irene boos. 'Dit is niet grappig.'

'Daar heb je gelijk in. Het is niet grappig dat die Bob denkt dat hij dit allemaal kan maken. Ik ga hem nu uitleggen dat hij je met rust moet laten.' Vastbesloten draaide ze zich om. Irene hoorde haar iets zeggen over de campingsupermarkt, maar het gesprek tussen Jacco en de buren viel amper stil. Waarschijnlijk merkten ze nauwelijks dat Rianne wegliep.

Irene nam de wijn mee naar buiten en ging weer aan tafel zitten, maar het lukte niet om zich op het gesprek te concentreren. Ze lachte op wat ze hoopte dat de juiste momenten waren en knikte af en toe. Gelukkig was Jacco in een geanimeerd gesprek geraakt en viel het niet op dat Irene stil was en niets meer dronk.

Hoe meer tijd er verstreek, hoe meer ze zichzelf wel voor haar kop kon slaan. Waarom had ze Rianne niet tegengehouden? Ze had zich laten overdonderen en nog voor ze zich had gerealiseerd wat een stom plan het was geweest, was Rianne al vertrokken. Het duurde lang, veel te lang. Bij iedere gestalte die naderde, schoot Irene overeind. Maar steeds was het Rianne niet.

Na een halfuur – de buren waren weer naar hun eigen tent vertrokken – ging ze bellen. Voicemail. Dat hoefde niets te betekenen, Rianne was niet zo secuur met haar telefoon. Misschien was ze Bob wel helemaal niet tegengekomen. Had hij maar iets geroepen om Irene bang te maken, wat de reden ook was dat hij dat zo graag leek te willen. Maar hoe graag Irene haar eigen gedachte ook wilde geloven, het was niet logisch.

'Waar is Rianne eigenlijk?' vroeg Jacco, toen hij een zak kooltjes openmaakte en de barbecue bijvulde. Hij stak zoveel aanmaakblokjes aan dat een petroleumlucht zich verspreidde. Een stevige vlam wapperde in de lucht. Jacco keek goedkeurend toe. 'Wow, pap', zei Stef vol bewondering.

Irene keek steeds vaker op haar horloge. De vlam verdween, de kooltjes smeulden.

'Ik weet het niet', zei ze, als antwoord op Jacco's vraag en ze hoopte dat de leugen niet van haar gezicht droop. 'Naar de campingwinkel, zei ze toch?'

'Misschien is ze daar een leuke man tegengekomen', zei Jacco grinnikend. Irene deed haar best om mee te lachen, maar meer dan een grimas kreeg ze niet op haar gezicht geperst. Gelukkig werd Jacco te zeer in beslag genomen door het aansteken van de barbecue om het te merken.

Er verstreken tien minuten, en toen nog eens vijf. Jacco testte de warmte van de barbecue door zijn hand boven de gloeiende kolen te houden. Hij trok hem snel terug, lachte. 'Die is klaar.'

Het vlees siste toen het met het kokendhete rooster in aanraking kwam. De geur van verschroeiing drong Irenes neus binnen. Jacco stond er goedkeurend bij te kijken. Hij schikte er groente naast. Gele maïskolven kregen donkere grillstrepen.

'Ik ga haar zoeken', zei Irene, al was het maar om aan de geur van het eten te ontsnappen, die haar momenteel misselijk maakte. 'Het zit me niet lekker dat ze er nog niet is.'

Jacco fronste. 'Ze is volwassen.'

'Het is niets voor haar om zomaar te verdwijnen. Straks is er iets gebeurd.'

'Wat kan er gebeuren als je een stukje gaat lopen? Ik denk dat ze in gesprek is geraakt en ergens is aangeschoven, zoals de buren net bij ons.'

'Dan kan ze toch even een berichtje sturen? Of haar telefoon opnemen?'

Ze voelde zich een huichelaar. Jacco haalde kort zijn schouders op. 'Het eten is wel zo klaar.'

'Ik blijf niet lang weg.'

Jacco keek op. 'Zal ik met je meegaan?'

Ze schudde haar hoofd. 'Blijf jij maar bij de kinderen.'

Met korte, snelle passen liep ze weg in de richting waarin Rianne ook was verdwenen, alsof ze daarmee de route van haar zusje kon reconstrueren. Het eerste deel van die route was niet moeilijk te raden. De strandopgang was vijf minuten lopen. Over de camping lag de geur van barbecue. Overal rinkelden glazen en bestek. Irene overwoog langs de tent van Bob en zijn zus te lopen, maar ze deed het niet. Wat als hij daar zat? Wat als hij er niet zat? Ze schoot er niets mee op.

Ze volgde het brede pad. Nu stonden er geen tenten meer, maar naderde ze de strandopgang. Daar was het inmiddels rustig geworden, een enkeling keerde terug na een strandwandeling. De zonsondergang was al over zijn mooiste punt heen.

Bij het hek bleef Irene weifelend staan. De strandopgang, had Bob geschreven. Als Rianne hem hier had getroffen, zouden ze dan het strand op zijn gegaan? Was dat logisch? Irene probeerde dat te bedenken, maar haar hersenen leken niet in staat tot logisch redeneren.

Ze zag een bordje waarop stond dat het hek om negen uur 's avonds dichtging. Haar horloge vertelde haar dat dat over drie kwartier was. Toch maar even gaan kijken, dan. Op de camping kon ze dan straks nog verder zoeken. Ze belde opnieuw, tegen beter weten in.

Ze wilde al ophangen om Riannes stem op de voicemail te vermijden, toen er op het allerlaatste moment een klik klonk, gevolgd door geruis.

'Rianne?' vroeg Irene, haar hart plotseling in haar keel. Geen reactie. 'Rian?'

Er klonk een stem, vaag in de verte. De aanzet van een woord, onverstaanbaar. Was het Rianne wel? De zee?

Haar pas versnelde zich, over de vlonders vol zand, richting de zee. 'Rianne?' riep ze in haar telefoon. Ze begon te hollen.

'Ireen...' Haar naam uitgesproken als kreun. Daarna niets, geruis.

'Rianne!' Irene gilde de naam van haar zusje. Ze rende door, tot ze zich realiseerde dat ze door haar eigen gehijg het antwoord niet kon verstaan. Met een ruk kwam ze tot stilstand en drukte haar andere oor dicht. 'Rian?'

De stem van haar zusje klonk nog zwakker. 'Ik ben op het strand.' Even pauze, alsof ze op adem moest komen. En toen: 'Het is een beetje misgegaan. Geloof ik.'

'Waar ben je?' Irene kon er niets aan doen dat ze schreeuwde. 'Waar ben je dan?'

Eerst was er weer even niets, toen die schorre stem. 'Op het strand.' Ze keek op, kneep haar ogen samen, tuurde van links naar rechts. 'Ik kom eraan', riep ze, waarna ze weer begon te rennen.

Links of rechts? Aan het einde van de opgang moest ze kiezen. Links was het stuk strand dat overdag door campinggasten werd bevolkt. Het enige leven kwam nu van een kleine strandtent. Ze keek naar rechts, waar het strand altijd rustiger was, en nu zelfs verlaten. Instinctief koos ze voor die kant. Zo snel als haar voeten haar over het mulle zand konden tillen, ploegde ze evenwijdig aan de waterlijn. 'Rianne!' riep ze maar weer eens. 'Zie je mij?'

'Nee.'

Irene rende een paar minuten, of was het korter? De camping had ze nu echt achter zich gelaten. Ze moest verkeerd hebben gekozen, hier was niemand. De schemering begon echt in donker te veranderen.

'Ik zie je nog niet', zei Rianne. Haar stem klonk zwak.

Irene kneep opnieuw haar ogen tot spleetjes, draaide haar hoofd van links naar rechts, als een dier op zoek naar een spoor. Ineens voelde ze hoe haar nekhaar overeind ging staan. Automatisch versnelde haar hartslag – net gekalmeerd na het rennen – zich tot ritmisch gebonk. Ze had iets gezien, of gehoord, maar ze wist niet wat. Terwijl ze haar onderbewuste probeerde te dwingen tot duidelijkheid, bleef haar blik hangen aan iets wat in de schemering amper te zien was.

Of het kwam door het verlichte scherm van de telefoon, een geluid, of toch haar eigen blik, kon Irene niet zeggen. Maar ineens zag ze het. Daar, een meter of vijftig verderop, verder weg van het water, lag iemand.

Ze begon opnieuw te hollen, deze keer voelde ze het zware zand amper. Haar voeten leken zowat over het oppervlak te zweven, al begonnen haar longen pijnlijk te steken. 'Rianne!' riep ze, de hele tijd, achter elkaar. Haar hart bonkte zo erg in haar oren, dat ze het antwoord – als dat al werd gegeven – niet kon verstaan.

Ze liet zich op haar knieën in het zand vallen, precies naast haar zusje. In het zand lag bloed.

De schemer verhulde wat Irene met de zaklamp van haar telefoon pijnlijk tevoorschijn toverde. Riannes gezicht zat onder het bloed. Haar linkerwenkbrauw was gescheurd, en er kwam ook bloed uit een plek onder haar haar, net boven haar rechteroor. Het bloed zat overal. Op haar gezicht, haar armen, grote vlekken op Riannes lichtgroene zomerjurk.

Ze belde Jacco, die beloofde meteen te komen. Het kon haar niet schelen of alles uit zou komen, ze wilde hem hier nu hebben. Ze had hem nodig.

'Ik breng de kinderen wel even bij de buren', zei Jacco, en Irene was blij met hun pas verworven contacten. 'Waar ben je?'

Irene deed haar best het uit te leggen, tot Jacco met de meest praktische oplossing kwam. Typisch voor hem: de rust zelve. Logisch nadenken, wat haar niet meer lukte. 'Zet op WhatsApp "locatie delen" aan', zei hij. 'Dan kom ik zo naar je toe.'

'Kun je lopen?' vroeg Irene aan haar zusje toen ze had opgehangen en haar locatie met Jacco had gedeeld.

Rianne aarzelde. 'Ik ben duizelig. Ik blijf liever nog even zitten.'

Bezorgd keek Irene om zich heen.

'Hij is weg', zei Rianne. Ze sloot even haar ogen. 'Ik denk niet dat hij terugkomt.'

'Wat zei hij?' vroeg Irene opgefokt. 'Waarom heeft hij dit gedaan?'

Rianne staarde haar aan, duidelijk dizzy. 'Hij was boos', zei ze.

‘Wat zei hij? Wat deed hij?’

Rianne sloot even haar ogen. ‘Ik zei dat hij je met rust moest laten’, vertelde ze moeizaam. ‘En toen zei hij dat dat niet kon. Dat jij hem iets was verschuldigd.’

Irene snoof diep.

‘Ik zei dat dat onzin was en dat hij moest accepteren dat jij hem niet wilde. Dat hij niets moest verwachten op basis van één zoen. Maar toen zei hij...’ Ze bracht haar hand naar haar gezicht en voelde even aan haar wenkbrauw. Enigszins verbaasd keek ze naar het donkerrode bloed aan haar vingers.

‘Wat?’ drong Irene aan. ‘Wat zei hij?’

‘Toen zei hij dat het helemaal niet alleen die zoen was.’ Rianne keek naar haar. Haar wenkbrauw begon op te zwellen, waardoor haar linkeroog dicht ging zitten. ‘Heb je nog meer met hem gedaan?’

Irene was zo verbijsterd dat ze even niet kon antwoorden. Uiteindelijk schudde ze kort haar hoofd. ‘Nee. Natuurlijk niet.’

‘Als je het mij vraagt, is hij knettergek.’

‘Maar waarom sloeg hij je dan?’

‘Omdat ik hem de waarheid zei en daar houdt hij kennelijk niet van.’

‘Ireen!’ Ze keek op toen ze haar naam hoorde. Jacco kwam aanrennen over het mulle zand. Hij ging naast Rianne in het zand zitten en maakte de verbanddoos die hij had meegenomen open. Terwijl hij aan de slag ging, stelde hij de ene vraag na de andere. Rianne gaf automatisch vage antwoorden, ook al hadden Irene en zij niets afgesproken. Nee, ze kende die man niet. Nee, ze had geen idee waarom hij haar zo toetakelde. Waarom ze op het strand was? Omdat het licht hier zo mooi was op dit tijdstip.

Irene was haar dankbaar dat ze niet nu, niet in deze situatie, de waarheid op tafel gooide. Maar diep vanbinnen wist ze dat het slechts een kwestie van tijd was. Ze kon Jacco niet langer voorliegen. Het was te gevaarlijk geworden. En ze wilde het niet meer. Ze wilde hem vertellen wat er was gebeurd, en ze zouden een manier moeten bedenken om hieruit te komen.

Jacco bekeek voorzichtig de wonden. Irene herkende zijn blik als die van zijn werk. Nooit was ze blijer geweest dat ze met een arts getrouwd was.

'Het ziet er erger uit dan het is', zei Jacco na een paar minuten geruststellend. 'Hoofdwonden bloeden altijd heel erg en lijken daardoor al snel dramatisch, maar deze zijn niet erg diep.' Hij kneep zijn ogen samen en legde zijn handen nogmaals op Riannes gezicht. 'Ik denk wel dat het goed is als het even wordt gehecht of geplakt. Anders worden het lelijke littekens.'

'Ik rij wel naar het ziekenhuis', zei Irene, en ze was blij dat ze vanavond na één wijntje was gestopt met drinken.

Met wat in de verbanddoos voorhanden was, maakte Jacco de wonden schoon. Van een pleister maakte hij zwaluwstaartjes, die hij over de snee in Riannes wenkbrauw plakte. Daarna hielp hij Rianne overeind. Samen ondersteunden ze haar bij het lopen, Jacco aan de ene kant, Irene aan de andere. Ze vorderden langzaam over het zand. Een paar keer moesten ze blijven staan omdat Rianne duizelig was. Jacco drukte Irene op het hart dat straks op de eerste hulp tegen de arts te vertellen. En morgen zouden ze aangifte doen, zei hij er meteen bij.

Irene knikte. Ze keek opzij naar het gehavende gezicht van haar zusje. Bob verscheen voor haar geestesoog. Ze slikte gal terug dat omhoogkwam in haar keel en vroeg zich voor de zoveelste keer af waar ze in vredesnaam in beland was.

Hoofdstuk 13

ZODRA ZE IN DE AUTO ZATEN, GOOIDE RIANNE HET ERUIT. 'Hij had een boodschap voor je.'

Irenes hand bleef hangen tijdens de beweging om de gordel om te doen. Het moest er voor een buitenstaander vreemd uitzien, de gordel in de lucht, haar arm als versteend. Zo voelde ze zich ook: versteend. Ondanks de warmte trok er kou door haar botten.

'Wat zei hij dan?' vroeg ze uiteindelijk. Ze dwong zichzelf haar gordel verder om te doen. De klik klonk ongewoon hard. Ze startte de motor en zette de auto in z'n achteruit.

'Het was heel raar. Ik snapte het niet.' Rianne zweeg even, alsof ze tijd nodig had zich de precieze woorden te herinneren. 'Hij zei: "Zeg maar tegen je zus dat het te maken heeft met Krommestraat 1 bis."'

De auto maakte een vreemde sprong en met een plof sloeg de motor af. 'Auw', zei Rianne en ze duwde de doek die Jacco haar had gegeven nog wat harder tegen haar oog. 'Wat doe je?'

Irene gaf geen antwoord. Vaag realiseerde ze zich dat ze in haar schrik de koppeling veel te snel had laten opkomen. Dat adres... Het was alsof er een container aan herinneringen openging in haar hoofd. Die straat zou ze nooit meer vergeten. Ze zag hem meteen weer voor zich. Een donkere zijstraat, weinig voordeuren, niet het soort buurt dat je uitkoos om je kinderen een fijne jeugd te bezorgen. Van die avond herinnerde ze zich gek genoeg heel veel en heel weinig. Ze kon nog precies terughalen hoe ze aankwam bij Barry's huis, hoe ze aanbelde – van dit gedeelte herinnerde ze zich zelfs hoe ze haar trillende vinger op de bel had gelegd in de wetenschap dat daarmee geen terugkeer meer mogelijk was – en hoe hij de deur had opengedaan in een joggingbroek die er misschien goedkoop uitzag maar die in werkelijkheid meer dan zeshonderd euro kostte. Vreemd hoe je dat soort onbelangrijke details onthield.

'Wat is dat?' vroeg Rianne ondertussen verwonderd. 'Krommestraat 1 bis... nooit van gehoord.'

'Ik wel.' Irene haalde diep adem en startte de motor opnieuw. 'Dat was het adres van Barry.'

'Wat?' Voor zover het ging met haar gehavende gezicht keek Rianne verbijsterd. 'Barry? Wat heeft die hiermee te maken?'

Irene liet de koppeling opnieuw opkomen, beheerster deze keer. Langzaam reed ze naar de uitgang van de camping. De vraag van Rianne was precies de vraag die nu door haar hoofd knalde. Barry was al dertien jaar dood. Gewist uit haar leven, op de meest definitieve manier die er bestond. Meteen daarna had ze haar eigen leven omgegooid. Ze wilde niet meer verkeren in de kringen waarin hij had geleefd. Ze had gebroken met iedereen die ze kende. Was verhuisd naar een andere stad, een nieuw telefoonnummer, een studie begonnen. Niemand van haar oude kennissen had ooit nog gebeld.

Haar gedachten gleden terug naar waar ze niet aan wilde denken. Die ene avond... De Krommestraat. Ze was achter Barry aan de trap op gegaan. Had hem gezegd waarvoor ze was gekomen. Hij was ontstoken in woede, zoals hij dat zo vaak had gedaan. Maar deze keer was het erger, veel erger. Hij was buiten zinnen. Zijn wurggreep rond haar nek, haar gezicht tegen de harde, koude vloer, het groeiende besef dat ze misschien wel zou sterven, en toen die knal en zijn gewicht dat van haar af viel. Het bloed. O man, het bloed. Het was overal. Ze zat er helemaal onder. Zo erg dat ze moeite had gehad de aardige man van de ambulance ervan te overtuigen dat ze niet gewond was. Ze had nooit geweten dat bloed zo'n sterke geur had. Dagenlang had ze geprobeerd die van zich af te wassen. Uren onder de douche, maar wat in je brein was gebrand, liet zich niet wegwassen.

'Ireen?'

Ze realiseerde zich dat haar zusje al die tijd was blijven praten. Geen van de woorden had haar bereikt. Ze draaide haar hoofd. Haar blik moest er verdwaasd uitzien.

'Wat?'

'Wie weet er allemaal van de Krommestraat?'

Irene trok haar wenkbrauwen op. 'Wie niet, kun je beter

vragen. Barry kende iedereen en iedereen kende Barry, dat weet je zelf ook. Er waren alleen maar weinig mensen die hem mochten.'

'Maar wie zou er zoveel jaar later opduiken voor... ja, voor wat eigenlijk? Wraak?'

Irene schudde langzaam met haar hoofd. 'Niemand was echt rouwig om zijn dood, zeker niet de mensen van wie hij nog geld kreeg. En dat waren er nogal wat.'

Haar gedachten vlogen door haar hoofd alsof er een tornado huishield. En net als bij een tornado bleven ze maar rondjes draaien, hoe ze ook probeerde er die ene gedachte, dat ene idee uit te halen dat het antwoord zou vormen op de tientallen vragen die ze had. Maar het antwoord liet zich niet grijpen. Misschien was er wel geen antwoord.

De wereld waarin Barry had geleefd, kende eigen wetten. Dat was destijds zo, en dat was ongetwijfeld nog steeds zo. Het was de wereld van geld en angst, van wantrouwen en wraak. De belangen waren groot, de consequenties nog veel groter. Logica regeerde niet, eerlijkheid evenmin. Loze dreigementen waren zeldzaam. Wat er met Rianne was gebeurd, was waarschijnlijk nog maar het begin.

Iedere vezel in haar lichaam wilde weg, vluchten. Ze parkeerde bij het ziekenhuis met het gevoel dat elke zenuw op scherp stond. Toen ze het portier opende, voelde ze haar maag samenknijpen.

Meer dan een uur later zaten ze nog in de wachtruimte. Voor haar gevoel hadden haar voetstappen een spoor uitgesleten op het lichtgrijze linoleum. Van links naar rechts, omkeren, teruglopen.

'Ga alsjeblieft zitten', zei Rianne, de doek nog steeds tegen haar gezicht. Rode vlekken sierden de stof alsof iemand ze er zonder veel aandacht op had geverfd. 'Ik word gek van dat geloop van jou.'

Irene probeerde het, maar zodra ze twee seconden op een stoeltje van hard plastic had gezeten, moest ze weer opstaan en ijsberen. Ze had te veel onrust in zich.

Voor de zoveelste keer keek ze op de klok aan de vaalgele muur. Bijna een uur was verstreken sinds ze hier waren aangekomen. Het was druk op de spoedeisende hulp en de oudere vrouw achter de balie had in gebrekkig Engels uitgelegd dat de wachttijd kon oplopen. Nu zaten ze in de volle wachtkamer, waar veel werd gehoest en weinig werd gepraat.

Ze keek om zich heen in de ruimte. Een behoorlijk aantal oudere mensen, een vrouw was in slaap gevallen tegen de schouder van haar man. Er was een moeder met een piepkleine baby, een vader met een jongetje van Stefs leeftijd. Een man in een rolstoel die elke tien minuten naar de balie rolde om te vragen hoelang het nog duurde. Voortdurend gingen er deuren open en dicht en kwamen mensen binnen, of verdwenen juist. Irene merkte dat ze schrok als er weer een deur openging. Een vreemd gevoel kroop voortdurend door haar heen. Hij kon overal wel zijn.

Moest ze dan nu bij elke stap die ze zette bang zijn dat hij opdook? Als ze terugging naar de camping, kon ze dan nog de tent uit? En belangrijker: de kinderen? Ze schudde haar hoofd. Op de camping kon ze zich simpelweg niet voor hem verschuilen. Ze moest met Jacco praten. Ze moesten weg. Een andere camping misschien, of toch naar huis.

Op dit moment wilde ze alles wel doen om Bob uit haar leven te weren, wie hij ook was. Losse gedachteflodders schoten door haar hoofd. Ze bleef staan voor het raam en staarde naar de parkeerplaats. Er reed een auto voorbij, langzaam, zoekend. Was dat...? Ze schudde haar hoofd. Nu niet gek worden.

Ze ging toch maar weer zitten. Rianne keek naar haar met anderhalf oog, nu haar linkeroog nog verder dicht was gegaan. Irene haalde diep adem. 'We moeten echt weg.'

'Maar Jacco zei...'

'Niet hier. Van de camping. Ik weet niet wat Bob bezielt, maar hij is kennelijk helemaal doorgedraaid. Ik durf niet op de camping te blijven. Dan kunnen we gewoon afwachten tot hij nog een keer hetzelfde doet, of erger.'

Rianne zweeg even en snoof toen. 'Belachelijk. Hij is degene die weg zou moeten. Hij zou gearresteerd moeten worden.'

'Tja.' Irene trok met haar mond. 'Jacco zei ook dat je aangifte moet doen. Maar eerlijk gezegd kan ik me niet voorstellen dat we dan van hem verlost zijn. Hoelang zouden ze iemand vasthouden? Een halve dag?'

'Daar ben ik ook bang voor.'

Even zwegen ze allebei. Toen deed Rianne haar mond weer open. 'Er moet toch iets zijn. Iets wat jij je herinnert. Hij bleef maar zeggen dat je hem iets verschuldigd bent, en toen noemde hij dat adres.' Ze dacht even na. 'Zou het kunnen dat je iets met hem hebt gehad vroeger? Voordat je met Barry was? Er moet iets zijn waar hij op doelt.'

'Waar hij op doelt, is dat hij gek is.'

Rianne schudde haar hoofd, maar stopte daar snel mee toen haar gezicht vertrok van de pijn. 'Probeer nou eens na te denken. Je hebt voor Barry toch nog een andere jongen gehad, hoe heette hij ook alweer?'

'Steven.' Irene schudde haar hoofd. 'Die is het niet, die had donkerbruine ogen. Bovendien zou ik niet weten waarom die me na al die jaren iets zou willen aandoen voor een verkering die twee maanden duurde en die hij heeft uitgemaakt. Hij had trouwens binnen een dag een andere vriendin.'

'Iets anders dan', zei Rianne.

Irene pijnigde haar hersenen. Ze probeerde ieder woord terug te halen dat Bob had gezegd, iedere zin, iedere suggestie. Ze masseerde haar slapen met haar vingers alsof ze daardoor beter kon nadenken, wat niet het geval was. 'Er is gewoon niets', zei ze uiteindelijk gefrustreerd. 'Ik ken niemand die Bob heet en zelfs als dat niet zijn echte naam is, ken ik ook niemand die op hem lijkt.' Ze schudde haar hoofd en voelde naast verwarring en bezorgdheid ook frustratie. 'En zelfs als ik hem uit het verleden ken, waarom zou hij dan na zoveel jaar ineens opduiken? Geld? Ik heb nooit geld van Barry gehad. Alle cash die in zijn huis lag, is door de politie in beslag genomen. Dat heeft zelfs in de krant gestaan. Als iemand al zou denken dat ik geld achterover heb gedrukt, dan kom je toch niet ineens na zoveel jaar helemaal naar Spanje. Wie doet zoiets? Dat slaat toch nergens op?'

Allemaal vragen waarop Rianne natuurlijk ook geen antwoord wist. Die haalde dan ook haar schouders op.

'Ik weet niet wat die Bob mankeert, maar ik wil er niets mee te maken hebben', zei Irene. Onbewust balde ze haar vuisten, van boosheid en van onmacht. Strijdlust ook. Helemaal na wat hij Rianne had aangedaan, wilde ze niets liever dan Bob de waarheid zeggen. En tegelijkertijd was ze bang voor wat haar zou gebeuren als ze dat deed.

'Señora?' Met haar rug naar de deur had Irene niet gemerkt dat er een man was verschenen. Ze draaide zich om. Rianne kwam overeind en zei goedenavond, een van de vijf woorden Spaans die ze sprak. Allebei schudden ze de arts – Irene schatte hem halverwege de vijftig – de hand. Hij stelde zich voor, maar zijn naam ontschoot Irene ogenblikkelijk. De man hield de deur van een behandelkamer open en liet hen voorgaan.

Het licht was in de kamer feller. Aan het plafond zoemde een tl-balk, maar verder hing er een vreemde rust na de drukte van de wachtruimte. De arts pakte de doek aan en gooide die in de prullenbak, nadat Rianne ja had geknikt op zijn vragende blik. Met een geconcentreerde blik onderzocht de arts de verwondingen. Zijn in handschoenen gestoken vingers duwden de randen van elkaar en daarna bij elkaar. De beweging deed wat vers bloed uit de wond gulpen.

'Gevallen', zei Rianne in het Engels, toen de arts vroeg hoe ze aan haar verwondingen kwam. 'Heel stom. Ik struikelde over een stoeprandje.'

De arts knikte en leek geen bovenmatige interesse te hebben in de toedracht van de hoofdwonden. Had hij dat wel gehad, dan had hij misschien vraagtekens gezet bij de beurse plekken eromheen, bij het oog dat halfdicht zat. Hoewel dat natuurlijk ook best het gevolg van een val kon zijn.

'Ze was wel erg duizelig', zei Irene.

De arts stelde wat vragen. Irene schudde haar hoofd. Nee, Rianne was niet buiten bewustzijn geweest en ze had ook niet hoeven overgeven. Rustig aan doen, zei de arts, en meteen terugkomen als er wel sprake zou zijn van uitval of spugen. Daarna zette hij een bakje met wat instrumenten klaar en pakte een stapel gaasjes. Riannes mond vertrok toen de arts de wond in haar wenkbrauw begon schoon te maken met een desinfectiemiddel, dat kennelijk gemeen prikte.

In het Engels met een zware Spaanse tongval legde de arts uit dat hij de wonden zou hechten en dat Rianne daarna niet mocht zwemmen en met douchen moest uitkijken. En elke dag ontsmetten. De hechtingen moest ze volgende week laten verwijderen, maar dat kon eventueel ook in een ander ziekenhuis, als ze dan niet meer in de buurt was.

Drie hechtingen in de wenkbrauw, twee in de wond boven haar oor. Nu het dicht was, zag het er meteen minder erg uit, ook al was de huid beurs en gezwollen. Het stoeprand-verhaal zou ook prima volstaan voor de kinderen, dacht Irene. Ze wilde eigenlijk niet tegen hen liegen, al was dat de laatste tijd toch al mislukt. Soms was het voor hen beter niet alles te weten.

Met twee witte gaasjes over de wonden stonden ze weer buiten. Irene hielp haar zusje in de auto. 'Ik krijg steeds meer spierpijn', zei Rianne.

'Dat komt doordat je je zo hebt verzet.'

'Hij is wel sterk.'

Daar twijfelde Irene niet aan. Eerder had ze met enige bewondering de spieren in zijn armen bekeken. Nu was er van die bewondering niets meer over.

Ze had geluk dat ze een parkeerplek vlak bij de tent vond. 's Avonds was alles vol. Rianne klom uit de auto en moest even blijven staan. 'Duizelig', zei ze. 'Maar het gaat alweer.'

Toen ze aankwamen, stond de tent open. Ervoor zat Jacco op de loungebank, zijn telefoon in zijn hand. Hij stond op toen hij hen zag. 'Hé.'

'Hé.' Irene liet zich omhelzen. Ze gingen zitten, maar Irene kwam meteen weer overeind om water te pakken voor Rianne.

'Ik doe het wel', zei Jacco, maar ze deed alsof ze hem niet hoorde. Bezig zijn, dat hield haar nu rustig. Binnen trok ze de koelkast open en bleef even staan met nietsziende ogen, een paar seconden voor ze zich herinnerde wat ze ook alweer kwam doen. Ze pakte glazen, schonk er water in uit een plastic fles, deed de koelkast dicht. Mechanische handelingen, in een logische volgorde uitgevoerd. Het hielp om grip te krijgen, voor heel even.

Met haar handen vol met de drie glazen liep ze weer naar buiten. Rianne was tegenover Jacco gaan zitten. 'Allebei de plekken zijn gehecht', hoorde Irene haar zeggen, gevolgd door iets wat Jacco zei en wat ze niet kon verstaan.

'Maar welke idioot heeft dit gedaan?' vroeg Jacco. 'Je moet echt aangifte doen. Dit kan gewoon niet.'

Rianne keek naar haar, zij keek naar Jacco. Een moment lang verkeerden ze in een vreemd vacuüm van stilzwijgen. Irene wist dat ze het woord moest nemen, maar zoekend naar woorden stelde ze dat moment uit. Hoe moest ze beginnen?

De waarheid, zei ze in gedachten tegen zichzelf. Ze moest beginnen bij de waarheid. Of in elk geval een deel ervan. Die was moeilijk en lelijk, maar er was geen omweg. Geen zachte landing. Geen uitstel meer.

Ze aarzelde, maar koos toen voor de plek naast Rianne.

'Wat?' vroeg Jacco, toen hij hen naast elkaar zag zitten en begon aan te voelen dat de stilte die was gevallen beladen was. Rianne zei niets en bewoog ook amper. Het was ineens doodstil, ook om hen heen. Er moesten geluiden van de camping zijn, maar ze bereikten Irenes oren niet. Langzaam hief ze haar blik, tot die in die van Jacco haakte en er geen weg meer terug was.

'Het komt door mij', zei ze, schor en zacht en met geen enkel idee hoe ze het verhaal zou vertellen.

Jacco trok zijn wenkbrauwen op. 'Door jou?'

'Ja.' Irene beet zo hard op haar lip dat ze bloed proefde. Ze likte eraan en slikte om de ijzerachtige smaak kwijt te raken, maar die bleef toch hangen. Daarom nam ze een slokje water. Toen het glas tegen haar tanden klapperde, merkte ze pas hoe erg ze beefde.

'Wat bedoel je?' vroeg Jacco, toen ze niet uit zichzelf verder praatte. 'Wat heb jij ermee te maken?'

'Rianne ging voor mij naar het strand. Omdat ik een berichtje had gekregen.'

Door haar woorden begreep Jacco er alleen maar minder van. 'Van wie?'

Irene verschoof op haar plaats. Sloeg haar benen over elkaar. Zette ze weer naast elkaar. Rechtte haar rug en haar schouders. Ze vertelde het niet goed. Natuurlijk begreep Jacco het niet.

Uiteindelijk haalde ze diep adem. 'Ik heb iets heel stoms gedaan.' Ze keek hem recht aan. 'Ik heb gezoend met een andere man.'

'Zal ik anders even weggaan?' vroeg Rianne, maar Irene maakte haar met haar hand duidelijk dat ze kon blijven.

Jacco op zijn beurt staarde haar aan met grote ogen, waarin zoveel gebeurde dat ze niet goed kon duiden wat de boventoon voerde.

'Wat?' vroeg hij uiteindelijk. 'Met wie? Wanneer? En waarom heb je...' Hij legde even zijn hoofd in zijn handen. Vloekte, hoewel dat niets voor hem was. 'Ben je gek geworden?'

Boosheid, zag ze, was het wat de boventoon voerde. Opkomende woede, die hij inhield, waardoor er een spiertje trilde bij zijn rechteroog.

'Het was heel stom van me', ging Irene verder. 'Je hebt het volste recht om boos op me te zijn.'

'Wie is het?'

Hier had ze vluchtig over nagedacht. Geen naam noemen, dat leek haar beter, en al helemaal niet zeggen dat het met Barry te maken kon hebben. Om wat Jacco zou kunnen doen, om het niet nog verder op te blazen, om alles eigenlijk. Maar als ze niet wilde laten merken dat het Bob was, moest ze ook het moment veranderen naar iets wat wel logisch klonk. 'Iemand die ik had ontmoet toen we bij Wolter Kroes waren', zei ze daarom. Ze hoopte dat Jacco de trilling in haar stem niet zou opmerken. 'Ik weet niet hoe hij heet.'

Ze merkte de verwondering bij Rianne zelfs zonder haar aan te kijken. Later zou ze haar uitleggen waarom ze niet zei dat het Bob was. Rianne zou begrijpen dat het laatste wat ze wilde, een confrontatie tussen Jacco en Bob was.

'Hoezo weet je niet hoe hij heet?' vroeg Jacco, die duidelijk alleen maar bozer werd. 'Je kwam hem tegen, stopte je tong in zijn mond en liep daarna gewoon verder?'

'Zo ging het niet.' Irene huiverde, hoewel het een zwoele

avond was. 'We dansten en hij zocht toenadering en toen gebeurde het. Ik had het nooit moeten doen.'

Jacco sloot even zijn ogen. 'En toen heeft hij Rianne in elkaar geslagen?'

'Hij vroeg mijn nummer en ik heb hem dat gegeven. Ik weet ook niet waarom ik dat deed, het was zo dom. Maar toen sms'te hij me en zocht me ook op op de parkeerplaats. Hij dreigde met van alles en nog wat. In het sms'je stond dat ik naar het strand moest komen, als de kinderen me lief waren.'

Jacco vloekte opnieuw, zacht, zijn kiezen op elkaar geklemd. 'Wat is dit voor gek?' Hij keek vluchtig naar Rianne. 'En toen dacht je: laat ik mijn zusje sturen?'

Rianne deed haar mond open. 'Dat heb ik zelf aangeboden. Ik dacht dat ik hem wel de waarheid kon zeggen.'

Jacco haalde diep adem. Het spiertje was harder gaan trillen. 'Wat dacht je nou, Irene?'

Irene sloeg haar blik neer en zei niets.

'Je hebt iedereen in gevaar gebracht: jezelf, je zus, je kinderen.' Jacco snoof. 'Je voelde je niet lekker, zei je toen je thuiskwam. Je had me gewoon de waarheid moeten vertellen.'

Irene kromp verder ineen. Haar maag draaide zich pijnlijk om bij de gedachte dat ze nog steeds niet de hele waarheid had verteld.

'Morgen moet je aangifte doen', zei Jacco tegen Rianne. Daarna stond hij op. 'Ik ga slapen.'

Hij verdween naar binnen. Irene wilde diep ademhalen, maar haar longen leken op slot te zitten. Ze keek naar Rianne, die trok met haar mond om aan te geven dat ze het ook niet wist. Het tentdoek viel op z'n plek. Irene had liever gehad dat Jacco woedend was geworden, had geschreeuwd, zijn vuisten had gebald. Alles beter dan de ingehouden boosheid die van zijn hele lijf was gestraald, de blik waarmee hij naar haar had gekeken en die naast woede ook teleurstelling in zich had. Dat gevoel deelde ze, ze was ook teleurgesteld in zichzelf.

'Waarom vertel je het hem niet?' vroeg Rianne fluisterend.

Irene schudde haar hoofd, sloot haar ogen, deed uiteindelijk haar mond open. 'Later', zei ze. 'Niet nu. Niet nu we nog in de buurt van hem zijn.'

Rianne stond op, Irene ook. Ze gingen naar binnen. Irene deed de tent op slot en controleerde het slotje – vastgemaakt aan een in de vloer verankerde ring – wel vier keer. Rianne verdween naar haar slaapkamer. Irene vond Jacco in hun eigen kamer. Hij negeerde haar en liep weg om zijn tanden te gaan poetsen.

Zwijgend stonden ze naast elkaar in de krappe badkamer. Jacco's lichaam voelde groot en aanwezig. Boos, ook.

'Je had het me eerder moeten vertellen', zei hij, toen ze in het donker in bed lagen. De afstand tussen hen was misschien dertig centimeter, maar het voelde als kilometers.

'Ik wist niet dat het zo uit de hand zou lopen.'

'Dan nog.'

Irene zei niets. Zure opmerkingen over zijn eigen ontrouw kwamen in haar hoofd op. En dan was hij zelfs nog wel wat verder gegaan dan zoenen. Had hij de moeite genomen het meteen achteraf aan haar te vertellen? Nee, precies, dat had hij niet. Maar hij verweet het haar nu wel.

Ze haalde diep adem, slikte, maar hield haar woorden binnen. Het ging nu niet om hem. Kwaad met kwaad vergelden was een aanlokkelijk excuus, maar die heilloze weg wilde ze niet inslaan. Hij had gelijk. Hij had verdorie gelijk. Ze had het hem moeten vertellen, los van wat er daarna was gebeurd.

'Wat was dat voor type?' vroeg Jacco.

Ze dacht na over haar antwoord. Twintig seconden, dertig. 'Groot', zei ze toen. 'Breed. Boos, kennelijk, al merkte ik daar die avond niets van. Ik had nooit verwacht dat hij zo zou doen.'

'Heb je met hem gepraat?'

'Ja. Even. Hij was aardig. Duidelijk geïnteresseerd. Stak zijn bewondering niet onder stoelen of banken.'

Jacco snoof, maar gaf geen antwoord.

'Ik heb het afgekapt', zei Irene, maar haar eigen woorden klonken weerloos. Slap, ook. 'Na die zoen ben ik meteen naar de tent gegaan. Het was maar één zoen, meer niet. Ik heb het niet gehad over meer. Ik heb niet één signaal gegeven.' Dat was in elk geval waar. 'En nu vindt hij blijkbaar dat hij ergens recht op heeft.'

'Misschien kan ik met hem gaan praten.'

'Ben je gek', zei Irene geschrokken. 'Je hebt gezien waartoe hij in staat is.' Ze draaide zich op haar zij en deed haar mond open, maar de woorden lieten zich nog niet goed formuleren. Even dacht ze na. Gewoon voorstellen, dat zou het beste werken. En daarna proberen Jacco te overtuigen.

'Ik wilde eigenlijk voorstellen naar een andere camping te gaan', zei ze voorzichtig. 'Ik denk dat het lastig wordt om hier nog van de vakantie te genieten.'

Ze had verwacht dat Jacco zou protesteren, misschien zelfs boos zou worden om haar voorstel. In haar hoofd kwamen allerlei argumenten op die ze kon gebruiken. Ze moest moeite doen om ze niet alvast te noemen. De stilte zoemde in haar oren.

'Oké.'

Irene schrok bijna van zijn antwoord, zo onverwacht kwam het. Ze wilde alsnog beginnen met praten, omdat het woord dat ze hoorde niet strookte met wat ze had verwacht. Ze twijfelde zelfs of ze het wel goed had begrepen.

'Hoe bedoel je?'

'Oké, laten we een andere camping zoeken. Misschien in de buurt, maar we kunnen ook in Frankrijk kijken.'

Irene had een moment nodig om enigszins te ontspannen. Ze liet haar adem ontsnappen, slikte een paar keer en draaide haar hoofd, maar in het donker kon ze Jacco's gezichtsuitdrukking niet zien.

'Het spijt me', zei ze nog maar een keer. 'Ik wilde dat ik het kon terugdraaien.'

Geen reactie. Ze stak haar hand uit en raakte zijn blote schouder aan. Hij zei niets, maar draaide zich op zijn zij, zijn gezicht van haar afgewend. Na een tijdje meende ze aan zijn ademhaling te horen dat hij in slaap was gevallen. Zelf lag ze ernaast, met open ogen in het donker. Haar hartslag bonkte in haar oren.

Hoofdstuk 14

'Ga met ons mee.'

Rianne schudde haar hoofd. 'Waarom zou ik? Met het vliegtuig is het een stuk comfortabeler.'

'Je kan voor in de auto zitten, natuurlijk.'

'Nee joh. Ik bel de luchtvaartmaatschappij wel, misschien kan ik vandaag nog terug naar Nederland vliegen.'

Irene wilde nog iets zeggen, maar ze zag aan de blik in Riannes ogen dat haar zusje zich niet zou laten overtuigen. Daarom gaf ze zich gewonnen. 'Ik ga mama vragen om je van Schiphol te halen.'

'Ik red me wel.'

'Doe niet zo eigenwijs. Je kan op deze manier de trein niet in.'

Rianne ging er niet op in. 'Waar gaan jullie eigenlijk heen?'

Irene haalde diep adem, maar liet het vorige onderwerp toen maar rusten. Ze sloot even haar ogen en schudde haar hoofd. 'We proberen een camping te vinden waar nog iets vrij is, maar dat is niet zo makkelijk. Ik kon vannacht niet slapen en heb allerlei campings gevonden, vooral in Frankrijk. Maar alle stacaravans, huisjes en glampingtenten zijn natuurlijk al verhuurd. Voor het hoogseizoen moet je tegenwoordig boeken in oktober, geloof ik.'

'Dat kan toch niet? Er zal toch wel íéts vrij zijn?'

'Vast wel, maar ik heb het nog niet gevonden. Niet op een leuke camping.' Ze wierp een blik op Jacco, die al bellend een stukje van de tent was weggelopen. 'Jacco heeft nu een camping in de Dordogne aan de telefoon. Misschien hebben zij nog een blokhut vrij, op de site stond het een beetje onduidelijk.'

Rianne humde bij wijze van antwoord. 'Het verbaast me wel dat hij er zo makkelijk mee instemde om weg te gaan', zei ze, nadat Irene haar vanochtend al had verteld hoe het was gegaan. 'Ik had gedacht dat hij wilde blijven, dat hij het overdreven zou vinden om te vertrekken.'

Irene knikte langzaam. Dat was ook haar eigen verwachting geweest, zeker omdat Jacco niet het type was om zich bang te laten maken. Wel had hij erop gestaan dat Rianne vandaag aangifte zou doen, maar dat wilde ze niet.

'Ik zou niet weten wat ik daarmee opschiet', had ze gezegd, hoewel dat niet de hele waarheid was. Jacco vond het onbegrijpelijk, Irene op haar beurt snapte het heel goed. Als Rianne vertelde wie de dader was, zou de politie misschien wel naar de camping gaan om Bob op te pakken. Of moest ze zeggen: waarschijnlijk wel? Maar voor hoelang? Een paar uur, hooguit, en dan stond hij weer op straat en Irene durfde niet te denken aan hoe woedend hij dan zou zijn.

Irene had in de vrijwel doorwaakte nacht die ze achter de rug had, opnieuw veel tijd besteed aan bedenken of ze signalen had gemist. Signalen dat Bob – ze kon niet anders concluderen – gestoord was. Waanideeën had. Hoewel ze aan dat laatste twijfelde. Het adres van Barry was geen algemene kennis. Het had nooit in de krant gestaan en criminelen vond je doorgaans niet in het telefoonboek. Alleen wie Barry kende, wist waar hij woonde.

Terwijl de nachtelijke uren wegtikten, had ze zichzelf gek gemaakt met alles wat ze niet wist. Iedere man, iedere vrouw, iedere vage kennis uit die tijd was op haar netvlies verschenen. Geen van hen voldeed aan de omschrijving van Bob. Ze had gedacht aan Michael, de moordenaar van Barry. Van hem kende ze niet meer dan de tatoeage op zijn gezicht en zijn beeltenis uit de krant, zijn ogen afgedekt met een dikke, zwarte balk. Bob had grote tatoeages op zijn armen, maar niet op zijn wang.

Misschien had ze hem nooit eerder gezien. Misschien was hij een kennis van een vriendje van een contact van iemand – zo werkte het in die wereld wel vaker. Maar dan nog. Destijds had ze alles wat ze wist over Barry aan de politie verteld, en dat was schrikbarend weinig, want Barry vertelde haar nooit waar hij mee bezig was. Journalisten wisten tien keer zoveel, had ze gelezen in een verhaal in de krant.

Wat als ze niet met hem had gezoend? Zou het dan niet zijn gebeurd? De gedachte gleed door haar hoofd, maar ze verwierp hem weer. Bob was niet toevallig op de camping opgedoken en had zich toen ineens herinnerd dat hij Irene kennelijk uit het verleden kende. Als ze het contact had geweigerd, als ze verstandiger was geweest toen in de wasserette, had hij zich op een andere manier aan haar opgedrongen, daarvan was ze overtuigd. Zijn doel was geweest binnen te dringen in haar leven. Dat had ze eerder moeten inzien, misschien had ze dan weg kunnen gaan voordat dat met Rianne was gebeurd.

Ze schudde haar hoofd. Terugdenken aan wat ze had moeten doen en wat had moeten gebeuren, het was zinloos. Wat veel belangrijker was, was wat ze nu gingen doen. Zelf was ze ook verbaasd dat Jacco met hun vertrek had ingestemd, maar ze had zichzelf nog geen tijd gegund daar goed over na te denken. Het enige wat nu telde, was zo snel mogelijk een andere camping vinden.

Ze controleerde elke paar minuten nerveus haar telefoon. Ze had Bob op WhatsApp willen blokkeren, maar uiteindelijk had ze het niet gedaan. Liever dat hij haar een bericht stuurde dan dat hij bij hun tent opdook, ook al was er geen enkele garantie dat het een het ander zou uitsluiten. Ze keek voortdurend naar links en naar rechts om het pad voor hun tent te controleren, hoewel ze ergens ook twijfelde of hij zomaar zou langskomen. Bob had het tot nu toe slimmer aangepakt. Berichtjes, haar opwachten op een stille parkeerplaats, proberen haar naar het strand te lokken – hij wist feilloos manieren en plekken zonder publiek te vinden. Hier bij de tent waren veel meer mensen.

Aan de andere kant kon Bob kennelijk zomaar in woede ontsteken en Irene had geen idee waartoe hij in staat was. Met haar ogen samengeknepen zocht ze het veldje af. Ze zag twee mannen met een mouwloos hemd voor hun tent zitten, lachend om een jongetje van hooguit een jaar dat wiebelig probeerde op te staan. Zelfs van een afstandje zag ze de spieren in hun bovenarmen. Als Bob echt zou komen om haar iets aan te doen, zouden de omstanders dan helpen? Ze kon niet anders dan daarop hopen.

Riannes stem haalde haar uit haar gedachten. 'Weten de kinderen al dat jullie weggaan?'

Irene schudde haar hoofd en zette, voor zover dat ging, haar gedachten opzij, in elk geval voor nu. 'Ik ga het ze zo vertellen.'

Vijf minuten later keken twee gezichtjes haar boos aan. Stef leek het nog helemaal niet te kunnen geloven, Nikki koos de aanval.

'Waarom?' Ze trok een rimpel in haar neus. 'We zouden hier toch nog blijven?'

'Foutje in de boeking', zei Irene, de blik van haar dochter vermijdend. Ze vond het verschrikkelijk dat ze opnieuw tegen de kinderen moest liegen, maar de waarheid was te ingewikkeld en zou hen alleen maar bang maken. 'De camping dacht dat we vandaag weg zouden gaan. Maar we vinden vast een andere camping die net zo leuk is als deze. Misschien wel leuker.'

'Dat denk ik niet', zei Nikki. 'Ik heb hier vriendinnen. Ik wil helemaal niet weg.'

'Dat snap ik, lieverd', zei Irene en de ironie ontging haar niet dat haar dochter juist niet weg wilde vanwege Isa. 'Op de nieuwe camping zijn vast ook Nederlandse meisjes.'

'Je zei net dat je nog niet eens weet waar we heen gaan.'

'Gaat tante Rianne met ons mee?' Dat was Stef, die een bezorgde blik op zijn tante wierp.

Irene schudde haar hoofd. 'Tante Rianne gaat naar huis.'

'Wat?' Nu keek Nikki pas echt boos. 'Waarom? Ik wil dat ze blijft.'

'Ik zou sowieso maar een weekje blijven, schat', nam Rianne het woord. 'Mijn vakantie zat er al bijna op. En nu ik zo hard ben gevallen, ga ik liever naar huis.'

Dat was wat ze de kinderen hadden verteld, dat Rianne was gevallen. Een verhaal dat ze zonder meer geloofden, al had vooral Nikki gevraagd waar dat dan was gebeurd en hoe Rianne was neergekomen. Maar uiteindelijk hadden ze met z'n tweeën de hechtingen vol bewondering bekeken toen Irene vanochtend de gaasjes had gewisseld.

'Het is nu belangrijk dat we de spullen gaan inpakken', zei Irene tegen de kinderen. Ze zette zich schrap voor een nieuw protest van Nikki, maar dat bleef uit. In plaats daarvan hielden ze zich bezig met de krat vol speelgoed die voor de tent stond. Irene had hem net ingepakt, Nikki en Stef slaagden erin hem binnen twintig seconden weer leeg te halen.

'Ik ga even naar binnen', zei Rianne, en het viel Irene op hoe bleek ze zag.

'Wacht, ik help je.'

Ze keek naar Nikki en Stef. Jacco stond iets verderop nog altijd te bellen. Net toen ze naar hem keek, hing hij op. Hij ving haar blik en schudde zijn hoofd. Zij trok met haar mond en ging achter Rianne aan.

'Ga nou toch met ons mee', probeerde ze opnieuw, toen ze de deur van de kleine slaapkamer achter hen sloot. Binnen was het heet. Het rook naar tentdoek.

Rianne ging op de rand van het bed zitten.

'Ik heb net op internet gekeken. Er is inderdaad nog plek op de vlucht van vanavond. Ik heb al geboekt.'

Daarmee was het onderwerp definitief afgesloten.

'Misschien moet je even gaan slapen', zei Irene en moederlijk begon ze Riannes benen in bed te helpen. Ze trok zelfs een dunne deken over haar heen, hoewel het daarvoor veel te warm was.

'Wil je me dood hebben?' pufte Rianne en gooide de stof van zich af. Ze ging weer overeind zitten. 'Ik kan trouwens beter gaan inpakken.'

'Helemaal niet, je gaat eerst uitrusten. Je zei zelf dat je slecht hebt geslapen.'

Rianne protesteerde, maar ging toen toch weer liggen. 'Even rusten dan.'

Toen Irene de kamer verliet, had Rianne haar ogen al gesloten. Zacht sloot Irene de deur achter zich. Op de gang stond Jacco, een lege sporttas in zijn hand. Ze hoorde de kinderen in het keukentje.

'Ik heb een camping gevonden', zei Jacco, opluchting op zijn gezicht.

'Echt?' Opgetogen keek Irene hem aan. 'Waar?'

'In de Provence. Niet aan zee, maar er zijn twee zwembaden. De tent die ik heb geboekt voor de rest van onze vakantie is belachelijk duur, maar ik weet zeker dat de kinderen het naar hun zin gaan hebben.'

Irene knikte. 'Wat fijn dat het is gelukt.'

Jacco hield de sporttas omhoog. 'Ik ga zo snel mogelijk inpakken. Het is bijna zes uur rijden. Als we over een uur al kunnen vertrekken, zijn we er aan het einde van de middag.'

Irene keek op haar horloge. 'Dat wordt krap, maar we kunnen het proberen.' Ze staarde naar de tas in Jacco's hand en dacht aan het speelgoed, dat binnen een mum van tijd weer over de veranda was verspreid. 'Misschien kun jij met de kinderen nog even iets leuks gaan doen, terwijl ik ga inpakken? Dan kan ik doorwerken en hebben zij nog even lol.'

Jacco keek bedenkelijk. 'Maar dan ben je hier alleen.'

'Rianne is er en ik doe de tent op slot.'

'Hm.' Jacco keek niet overtuigd, maar uiteindelijk knikte hij. 'Maar ik wil dat je me belt als er ook maar iets is. Ik ga naar het zwembadje hier om de hoek.'

Irene beloofde hem meteen te bellen als het nodig was. Jacco draaide zich om om de kinderen te roepen. Die wisten zich razendsnel om te kleden. Nikki droeg een badpak dat Irene de hele vakantie nog niet had gezien omdat het kennelijk achter in de kast had gelegen, wat haar deed vrezen voor de staat waarin ze Nikki's kamer zou aantreffen. Maar wat maakte het uit, ze zou toch alle kleding zo snel mogelijk in de tassen proppen. Jacco pakte de handdoeken en verliet de tent, Nikki en Stef vrolijk babbelend achter hem aan. Irene was blij dat ze hun boze bui te boven waren.

Ze sloot de rits van de tent helemaal tot de grond en zette hem vast met het slot. Dat slot kon alleen worden geopend met de tag die in het bandje rond haar pols zat. Jacco en Rianne hadden er ook eentje, verder niemand. Ze trok aan het slot, maar het gaf niet mee. Daarna sloot ze de flappen voor de plastic ramen, zodat er niemand naar binnen kon kijken. Het moest lijken alsof ze er niet waren.

Zo stil mogelijk liep ze naar de kamer van de kinderen en sloot de deur achter zich. Nikki had inderdaad zo'n beetje al haar kleren over de grond uitgespreid. Irene raapte ze op en stopte ze in een grote sporttas. Daarna opende ze de kast en stopte Stefs spullen erbij. Niet te veel in één tas, anders paste hij niet in de dakkoffer, hoorde ze Jacco in gedachten zeggen.

Toen de tas vol was, sleepte ze hem naar de keuken en ging verder met de koffer. Het simpele werk deed haar goed. Bezig zijn, niet te veel nadenken bij wat ze aan het doen was. Nadenken kon ze nog genoeg. Ze begon zacht te zingen, ook al voelde ze zich verre van vrolijk. Een Spaanse zomerhit die grijs werd gedraaid op de radio, fonetisch lieten de woorden zich best zingen. Eén keer hield ze in, omdat ze iets meende te horen. Een geluid, een klik, ze wist niet wat het was. Even verstijfde ze, haar hart sloeg over. Toen vermande ze zich. Het moest verbeelding zijn. Met een hand die licht trilde, opende ze de deur van de slaapkamer. Niemand te zien. De tent zat nog steeds dicht.

Ze vulde weer een tas en toen nog eentje. Alle kleren waren nu ingepakt en ze ging verder met de toiletspullen. Vreemd hoe je thuis dagen kon doen over het inpakken, terwijl het nu zo snel ging. Dat kwam natuurlijk doordat je geen beslissingen hoefde te nemen over wat wel en niet meeging. Met één beweging vulde ze haar eigen toilettas. Haar blik viel op de haarspeld die ze naar het optreden had gedragen. Ze werd misselijk bij de aanblik.

Snel sloot ze haar toilettas, stopte hem bij de andere spullen en ging verder met die van Jacco en de kinderen. Net toen ze weer een hele vracht in de keuken neerzette, voelde ze hoe haar nekhaar overeind ging staan. Meteen bleef ze staan en spitste haar oren. Was er weer een geluid geweest? Het was stil, maar haar hart begon te bonken, alsof haar onderbewuste iets had waargenomen wat ze zelf nog niet had gemerkt. Of begon ze nu echt spoken te zien?

Ze bleef staan, doodstil. Vijf seconden, tien. In haar hoofd telde ze mee. Toen ze bij vijftien kwam, begon ze te geloven dat ze het zich toch had verbeeld. Langzaam durfde ze zich weer te ontspannen. Het kwam natuurlijk door de spanning dat ze elk geluid van buiten oppikte en tot iets engs verwerkte. Er waren zoveel geluiden buiten, merkte ze eigenlijk nu pas. Ze kon niet bij elke stem in de stress schieten.

Ze haalde diep adem en net toen ze weer aan de slag wilde gaan, viel haar oog op haar telefoon. Het schermpje lichtte op in de schemering in de tent. Opnieuw stond ze stokstijf. Het kon van alles zijn. Een sms van de provider, een bericht van Jacco, of haar moeder, of een vriendin.

Het kwam van hem, zoals ze met haar hele wezen al had aangevoeld. Bob, stond er in het scherm. Ze sloot even haar ogen, vermande zich en dwong zichzelf te lezen wat hij had geschreven.

Ik moet je spreken. Alleen. Kom naar me toe.

Wat er stond was niet bijzonder, maar de lading ervan was loodzwaar. Ze moest het bericht een paar keer lezen voor het helemaal tot haar doordrong. Ze schudde haar hoofd en trok met haar mond toen ze een bittere smaak proefde. Natuurlijk zou ze niet naar hem toe gaan. Ze moest sneller inpakken, weg, vluchten. Hij kon nog niet zien dat ze het bericht had gelezen, omdat ze WhatsApp niet had geopend. Dat zou ze ook niet doen. Blauwe vinkjes zouden haar verraden. Dan moest ze er iets mee. Reageren. Nu kon ze nog doen alsof ze het niet had gezien en snel vertrekken.

Het idee was verleidelijk, maar ook naïef. Alsof hij zich door een gebrek aan antwoord zou laten tegenhouden. Hij was in de buurt, dat kon niet anders. Ze slikte moeizaam. Misschien wel dichter in de buurt dan ze kon vermoeden.

Misschien moest ze hem toch maar antwoorden. Dan maar per telefoon nog een keer duidelijk maken dat ze niets met hem te maken wilde hebben. Ze ging hem niet vragen wie hij was, of wat hij wilde. Ze voelde moedeloosheid bij de gedachte dat hij zich niet zo makkelijk zou laten afwijzen, maar alles was beter dan geen reactie geven.

Ze haalde nog een keer diep adem en opende uiteindelijk toch WhatsApp.

Hij was online. Snel sloot ze WhatsApp weer af, alsof ze hem daarmee toch nog even op afstand kon houden. Ze staarde naar haar scherm, bevolkt door vrolijk gekleurde apps. Ze likte aan haar droge lippen. Uitstel zou haar niets opleveren. Even zweefde haar duim boven het felgroene WhatsApp-icoontje, daarna drukte ze er resoluut op.

Hij was inmiddels offline gegaan. Ze begon een bericht te tikken, wiste het uit en begon opnieuw. Na drie keer was ze pas tevreden. Nog één keer las ze het na en toen drukte ze op 'verzenden'. De tekst verschoof omhoog, twee grijze vinkjes verschenen. Irene wachtte en las opnieuw wat ze had gestuurd.

Er is niets tussen ons, nu niet en vroeger niet. Laat mij en mijn familie met rust.

Hij kwam online. Ze slikte en weerstond de verleiding om meteen offline te gaan. Hij begon te typen. Ze staarde naar het scherm tot haar ogen begonnen te branden.

Je komt nu naar mij toe. Denk maar niet dat je slim bent.

Ze schudde haar hoofd. Hoe langer ze naar het bericht staarde, hoe meer het besef groeide dat ze dit niet moest doen. Niet toegeven aan zijn eisen, anders zou hij weten dat hij haar in zijn macht had. Niet inbinden, misschien niet eens reageren. Hoewel, dat laatste wel. Anders zou hij niet ophouden.

Ze dacht een tijdje na over de tekst, besloot toen om zichzelf zo min mogelijk nader te verklaren en schreef alleen maar: Laat me met rust.

Hij was online gebleven en de vinkjes kleurden meteen blauw. Binnen een seconde begon hij weer te typen. Irene staarde naar haar scherm. Het duurde lang. Ze kon niet voorkomen dat hij voor haar geestesoog verscheen, zijn telefoon voor zijn gezicht, de verbeten trek rond zijn mond die er had gelegen toen ze hem voor het laatst had gezien. Automatisch veranderde het beeld naar Rianne op het strand. Ook in dat plaatje zag ze hem voor zich, met diezelfde trek, woede op zijn gezicht, zijn vuist die neerkwam op Riannes gezicht. De wenkbrauw die opensprong, het bloed dat eruit gutste. Haar maag kneep samen.

Zijn antwoord verscheen op haar scherm. Het was kort. Twee zinnen. Haar maag leek nu in een vrije val te raken.

Te laat. Leuk badpak heeft je dochter. Mooie sterren.

Ergens achter in haar hoofd begon een stemmetje te roepen. Gealarmeerd. Steeds harder.

Nikki had het badpak nog niet eerder aangehad.

Een golf van misselijkheid kwam op. Hij was bij haar, bij de kinderen. Misschien stond hij gemoedelijk met Jacco aan de rand van het zwembad. Misschien was Nikki zelfs bij zijn tent. Ze slikte zuur gal terug dat in haar keel opkwam. Al haar organen trokken zich pijnlijk samen.

Haar eerste reactie was: Jacco bellen. Hij moest weg bij het zwembad, zo snel mogelijk. Maar meteen schoten er talloze tegenwerpingen door haar hoofd. En dan?

Dan kwam hij terug naar de tent. Als Bob iets van plan was, zouden de kinderen daar ook nog getuige van zijn. Of Jacco moest weggaan van de camping, maar ook dan moest hij eerst de auto komen halen. Er was geen ontsnappen aan. Ze staarde naar het bericht, al was het bijna niet te lezen doordat de telefoon zo trilde in haar handen. Paniek trok van haar tenen met scheuten omhoog, tot in de uithoeken van haar lichaam. Ze kon niet meer helder denken. Haar hersenen leken zich te versmallen tot alleen maar die angst. Nikki, Stef, het liefste wat ze had. Haar grootste zwakke plek. Het allerergste wat haar kon overkomen.

Waar?

Dat was het enige wat ze terugstuurde, dat ene woord. Hij had haar, op haar rug. Het was klaar. Ze zou alles geven, zichzelf opofferen als dat nodig was. Geen seconde twijfel. Maar niet de kinderen. Zij waren de laatsten die er iets aan konden doen. Dit was het moment om de confrontatie aan te gaan. Zij moest het doen. Niet Nikki, niet Stef, ook niet Jacco, naar wie ze nu intens verlangde. Verlangde zoals ze in geen tijden had gedaan. Zijn rust, zijn stabiliteit, het was allemaal zoveel waard. De angst raasde door haar lichaam als een orkaan zonder doel. Ze zou hem alles vergeven, ze zou alles geven, als ze hier maar aan kon ontsnappen.

Het antwoord kwam meteen en bevatte een gedeelde locatie, meer niet. Hij moest het punt eerder hebben opgeslagen, aangezien hij net nog bij het zwembad was geweest. Dit was geen impulsieve actie, geen doldwaze ingeving. Dit was allemaal voorbereid.

Met een trillende vinger opende ze de locatie met

Google Maps. Een rode stip in een groen vlak. Een bos, of een park. Met vingers die maar onophoudelijk bleven trillen, zoomde Irene uit op de kaart. Toen ze daar niet wijzer van werd, stelde ze een routebeschrijving in. Het was twintig minuten lopen. Eerst over het strand, daarna maakte de route een kronkel en vervolgens kwam je dan bij het stuk groen. Ze bestudeerde de kaart. Het moest een bos zijn, misschien een klein natuurpark.

Er kwam weer een bericht binnen. Je vertrekt nu.

Er zat te veel in haar hoofd. Ze probeerde het op een rijtje te zetten, maar dat was onbegonnen werk. Het enige wat ze wist, was dat ze geen keus meer had. Met een hoofd vol rondvliegende gedachten opende ze de rits van de tent. Zorgvuldig sloot ze hem weer af. Daarna begon ze te lopen zoals de lijn op haar telefoon aangaf.

Jacco, ze moest hem bellen. Zeggen dat ze even weg was, zorgen dat hij het wist. Niet waar ze naartoe ging, of eigenlijk: naar wie. Juist niet, hij moest haar niet komen zoeken. Instinctief wist ze dat Bob dan in staat zou zijn tot dingen waar ze nu niet aan durfde te denken. Maar ze kon hem niet in het ongewisse laten. Dan zou het alleen maar erger worden.

Ze opende WhatsApp weer en tikte een berichtje. Ben nog even wat boodschappen doen bij de campingwinkel.

Hij reageerde meteen. Dat doe ik wel.

Het was eigenlijk verbazend hoe makkelijk je de ene leugen op de andere stapelde, als je eenmaal begon met liegen. Ik ben er al. Ik zorg dat ik onder de mensen blijf.

Jacco reageerde met een kort oké en daarna stuurde Irene een bericht naar Rianne. Een screenshot van haar gesprek met Bob en de locatie. Kom niet naar me toe, schreef ze erbij. Ze wilde Rianne niet nog verder in gevaar brengen. Als ik over een uur niet terug ben, bel dan de politie.

Ze had geen idee of dat het juiste was. Een uur? Er kon zoveel gebeuren in een uur. Maar ook zo weinig. Als Bob inderdaad alleen maar wilde praten – die optie bezorgde haar een gevoel van opluchting dat ze zichzelf niet toestond – zou de politie voor niets komen. En dan zou hij misschien juist doordraaien.

Ze dacht maar niet aan wat er in dat uur wel kon gebeuren. Als de kinderen maar veilig waren, dat was eigenlijk het enige waarvoor ruimte was in haar hoofd.

Elke paar seconden keek ze om zich heen. Het was druk op de camping, wat haar tegelijkertijd geruststelde en bang maakte. Misschien zou het op het strand ook zo druk zijn. De hele route, misschien ook wel in het bos.

Ze liep op de strandopgang en koos het verharde pad langs het zand, zoals de routebeschrijving aangaf. Hier waren ook genoeg mensen. Wandelaars, joggers. Als je het pad volgde, kwam je uiteindelijk in Pals, las ze van de borden af.

Ze stapte door. Nog tien minuten, nog acht, nog zeven. De lijn boog af, weg van de zee. Er stond een groepje bomen, daarna moest ze een pad naar links nemen. Ze hoefde niet om zich heen te kijken om te zien dat het hier stil was. Van het ene op het andere moment leek iedereen verdwenen. Het enige geluid dat ze hoorde was het ruisen van de golven in de zee, die ze vanaf hier niet kon zien. Ze liep door. Haar eigen voetstappen klonken als kanonschoten.

De stem was hard en snerpend en zo onverwacht dat

Irene een kreet van schrik niet kon onderdrukken. Het duurde een paar seconden voor ze zich realiseerde dat iemand haar naam riep, en toen nog een paar seconden om vast te stellen dat het een vrouw was. Met een ruk bleef ze staan, draaide zich om en toen nog een keer. Er was niemand te zien.

'Irene!'

Ze keek achterom. Nu zag ze beweging tussen de bomen. Er kwam iemand aan, rennend, half struikelend. 'Blijf staan!' riep de figuur, hoewel Irene al was gestopt met lopen. Ze sloot even haar ogen, haalde diep adem en keek toen weer.

'Lilian?'

'Ik moet met je praten.'

'Maar ik...' Irene had geen idee hoe ze moest reageren. Lilian hoorde bij Bob en naar Bob was ze op weg. Wat wilde Lilian? Had Bob haar gestuurd? Was de locatie veranderd? Wist Bob dat ze hier was? Waar was Isa? Nikki?

'Ik weet dat je naar Bob gaat', zei Lilian, toen ze hijgend voor Irene tot stilstand kwam. 'Hij heeft je gezegd dat je naar een bepaalde locatie moet komen, toch?'

Irene knikte langzaam.

'Ga niet naar hem toe.'

Irene keek haar aan. Haar mond was zo droog, haar hoofd bonsde. 'Ik moet wel', zei ze toen, schor. 'Hij dreigt mijn kinderen...'

Lilian schudde wild met haar hoofd. 'Hij vermoordt je. Je hebt geen idee wie hij is.' Ze keek om zich heen. 'Kom mee.'

Automatisch liep Irene achter haar aan, weg van de route die Google Maps voor haar had uitgestippeld. Door het bos van pijnbomen liepen ze in de richting waar de zee moest zijn. Zandkleurige stenen vermengd met stoffig zand knerpten onder haar voeten. Er stak een wind op die de pijnbomen deed bewegen. Irene keek naar hun toppen, hoog en groen. Het bos was niet dicht, de ruimtes tussen de bomen waren groot genoeg om doorheen te kijken. Verderop zag ze een laag muurtje. 'Deze kant op', zei Lilian, die voortdurend om zich heen keek. 'Hier beneden kan niemand ons zien.'

Er was een baai, zag Irene, toen ze het lage muurtje naderden, ongeveer twintig meter lager. Grote stukken steen in het water maakten zwemmen onmogelijk. Ze leken er slordig neergelegd te zijn, of aangespoeld. Golven rolden ertegenaan en eroverheen. Het strandje was klein en verlaten en bezaaid met goudkleurig zand.

'Deze kant op', zei Lilian. Irene keek om zich heen en zag een soort natuurlijke trap, afgesloten met een ketting en voorzien van een bord dat de zee hier niet geschikt was om te zwemmen. Ze stapte achter Lilian aan over de ketting en begon de trap af te lopen. Tien treden, vijftien, twintig. Aan het einde van de trap was het strand met zijn hete zand. Ze voelde het tegen de zijkant van haar voeten toen ze, nog steeds achter Lilian aan, eroverheen liep.

Lilian wees naar de steile stenen wand, het verst bij het water vandaan. Waar het steen het zand raakte, was een natuurlijke bank ontstaan. Ze gingen zitten, het steen voelde warm aan Irenes benen, ook al zat ze nu in de schaduw. Hier zaten ze uit het zicht, mocht iemand van bovenaan de trap naar het strand kijken, realiseerde Irene zich. Ze richtte haar blik op het water, zo'n veertig meter verderop. Ook Lilian staarde naar het water. Irene slikte moeizaam en wachtte af.

Uiteindelijk keek Lilian haar aan. Ze haalde diep adem en deed haar mond open. 'Ik zal je de waarheid vertellen.'

Hoofdstuk 15

HET ENIGE GELUID KWAM VAN EEN ZEEMEEUW, DIE KRASsend in de golven dook. Irene staarde naar Lilian, die haar recht aankeek. Ze trok met haar mond, wendde na een paar seconden haar blik af. Toen ze Irene opnieuw aankeek, lag er iets in haar ogen wat Irene niet goed kon duiden.

'Wat is de waarheid?' vroeg ze uiteindelijk, om de stilte niet te laten voortduren.

Lilian haalde diep adem. Ze leek even naar woorden te moeten zoeken, of misschien alleen naar een begin. Even sloot ze haar ogen. Toen ze ze weer opendeed, begon ze te praten.

'De man die jij kent als Bob, is in werkelijkheid iemand anders. Hij is ook niet mijn broer, maar iemand die ik ken van vroeger, iemand bij wie ik in het krijt heb gestaan.

Toen hij naar de gevangenis ging, dacht ik dat ik van hem af was. Maar toen hij eruit kwam, was hij niets vergeten.'

Irene kneep haar ogen samen. 'De gevangenis', zei ze. Alleen dat, als herhaling, niet eens als vraag. Alsof ze het met het uitspreken van het woord tot zichzelf kon laten doordringen.

Lilian knikte. 'Hij heeft twaalf jaar gezeten en is een paar maanden geleden vrijgekomen. Toen had hij één doel: jou betaald zetten dat hij de bak in gedraaid is.'

Irene keek haar ongelovig aan. Als ze niet zeker wist dat dit de woorden waren die ze had gehoord, zou ze hebben gezworen dat ze het verkeerd had verstaan. 'Het mij betaald zetten? Wat heb ik met zijn gevangenisstraf te maken? Ik ken hem niet eens.'

'Jawel.' Irene knikte met iets van berusting in het gebaar. 'Je kent hem wel. Bob heet in werkelijkheid Michael.'

Irene bleef haar aanstaren. 'Ik weet niet wie je bedoelt', zei ze, terwijl de alarmbellen in haar hoofd in rap tempo aanzwollen.

Lilian glimlachte berustend, alsof ze deze reactie wel had verwacht. 'Je kent hem wel, je hebt alleen waarschijnlijk al heel lang niet meer aan hem gedacht.' Ze liet nog een stilte vallen en keek spijtig, alsof ze niet de brenger van slecht nieuws wilde zijn, maar geen andere keus had. 'Michael is de moordenaar van Barry.'

Het voelde alsof de grond waarop ze stond begon te golven, een klap die niet werkelijk had geklonken dreunde na in Irenes oren. Michael... Michael G. zoals hij in de media was genoemd, Michael Groot zoals hij in het echt heette. Het enige wat ze van hem had gezien, waren zijn zwarte schoenen en de tatoeage op zijn wang.

'Zijn tatoeage...' was het eerste en enige wat ze kon uitbrengen.

'Verwijderd in de gevangenis', zei Lilian. 'Dat zou zijn kansen in de samenleving vergroten, hebben ze geloof ik gezegd.' Ze lachte nep en schamper. 'Alsof Michael ook maar enige interesse heeft in een keurig leven.'

Irene had het gevoel dat de wereld om haar heen draaide. Er gebeurde van alles in haar hoofd. Beelden van toen, van Barry, van die avond – het kwam allemaal terug in een draaikolk van flarden en geluiden. Ze sloot haar ogen, maar dat maakte het alleen maar erger.

'Maar waarom?' wist ze uiteindelijk haar mond uit te krijgen. 'Wat wil hij van mij?'

'Michael vindt dat het jouw schuld is', begon Lilian. 'Dat hij is gepakt, dat hij is veroordeeld, alles. En dat nadat hij, in zijn ogen, jouw leven heeft gered, waar je ook nog eens niet dankbaar voor was. Wacht...' Ze stak haar hand op toen ze zag dat Irene iets wilde zeggen. 'Ik weet dat het niet zo is. Niets van wat Michael zegt en denkt is rationeel. Hij wordt gedreven door woede. En door macht.'

Irene liet haar adem ontsnappen. Ze had inderdaad meteen willen protesteren, maar hield haar mond. Haar oren suisden en ze moest moeite doen zich op Lilians woorden te concentreren.

'Natuurlijk heeft hij het zelf gedaan, die moord. En dat niet alleen, want hij is veroordeeld voor meer dan moord. Drugshandel, afpersing, bedreiging, mishandeling, hij heeft het allemaal op zijn strafblad. Dit was ook niet zijn eerste celstraf.' Lilian schudde haar hoofd. 'Sommige mensen zullen nooit gaan deugen en Michael hoort tot die categorie.'

Irene schoof heen en weer op de warme steen. Een straaltje zweet liep van haar nek naar haar rug. Ze probeerde zich te herinneren wat ze wist over Michael, maar dat was niet veel. Hij was ooit een vriend van Barry geweest – voor zover er vriendschap bestond in die kringen. Daarna was er iets tussen hen voorgevallen, waar Irene nooit het fijne van had geweten. In ieder geval had Barry een schuld bij Michael opgebouwd, die hij niet kon of wilde afbetalen. En er was iets met een vrouw geweest. Irene had zich er nooit in verdiept. Ze had er niets mee te maken willen hebben, niet met Michael, niet met de schuld, niet met zijn motief. En eigenlijk zelfs niet met Barry. Dat ze die avond naar Barry was gegaan om het uit te maken, had ze aan bijna niemand verteld. Na ruim tien maanden waren haar de schellen van de ogen gevallen en had ze ingezien dat bij hem blijven het domste was wat ze kon doen. Van een gelijkwaardige relatie was nooit sprake geweest. Zij had tegen hem opgekeken en daardoor was ze blind geweest voor wat er niet klopte. Dat er geen sprake was van liefde maar van afhankelijkheid, bijvoorbeeld. Dat agressie niet thuishoorde in een normale relatie, ook niet als dat werd gevolgd door spijt – al dan niet gemeend – en dure cadeaus om het goed te maken. Waarna het opnieuw gebeurde. Met alle jaren die waren verstreken vond Irene het steeds moeilijker te geloven hoe ze haar eigenwaarde destijds had opgehangen aan de bewondering van Barry. Het leek een ander leven.

Barry had het op z'n zachtst gezegd niet goed opgenomen. Niet gewend aan afwijzing was hij onmiddellijk ontstoken in woede, zelfs nog sneller dan Irene had verwacht. Binnen een paar seconden was er al een glas door de lucht gevlogen, gevolgd door een hele tafel. Irene had zich gerealiseerd dat ze niet alleen had moeten gaan, dat het ongelooflijk naïef was geweest om te denken dat Barry haar vertrek redelijk zou opnemen. Hij kon heel redelijk zijn, zeker. Al was berekenend misschien een beter woord. Maar dat was als hij zijn zaakjes organiseerde, de zaakjes waarmee hij de grote hoeveelheden cash verdiende die in zijn huis te vinden waren.

Had ze die avond kunnen sterven? Nadat ze er jaren niet aan had gedacht, kwam die vraag nu voor de tweede keer in korte tijd bij haar op. Misschien wel, misschien was Barry zo doorgedraaid dat hij over het randje zou zijn gegaan. Al had ze ergens ook het idee dat hij op tijd zou zijn gestopt. Hij leek onberekenbaar en agressief, maar ze wist dat hij zichzelf altijd in de hand had. Daar ging hij prat op. Het waren de jongens die impulsief waren, die zichzelf niet konden beheersen, die uiteindelijk door de mand vielen. De dood vonden, zelfs, want Barry was nooit vies geweest van wat drama.

Als hij haar had willen doden, had hij het gedaan, daar kwam het op neer. Ze zou nooit weten wat er die avond was gebeurd als Michael niet binnen was gekomen. Maar nooit, echt nooit, had ze bedacht dat er op wat voor manier dan ook sprake moest zijn van dankbaarheid aan Michaels adres. Dankbaarheid die ertoe had geleid dat ze maar niet aan de politie had verteld wat ze had gezien. Bovendien was Michael niet gekomen als redder. Hij had niet geweten dat ze er was, hij wist niet dat Barry op het moment dat hij naar binnen wilde gaan boven op haar lag, haar gezicht tegen de grond duwde en met zijn arm om haar nek haar ademhaling afsloot. Het was onmogelijk dat Michael zichzelf de rol van held toebedeelde. Hij was gekomen om Barry een lesje te leren, wat die les ook was. Dat, en alleen maar dat, was die avond zijn doel geweest.

'Ik weet dat er niets van klopt', zei Lilian, toen Irene die boodschap duidelijk probeerde te maken. 'Maar Michael is niet uit op de waarheid, dat is hij nooit geweest.' Ze sloot even haar ogen. 'Ik vervloek nog zo vaak de dag dat hij in mijn leven verscheen. Ik was zwak, ik was kwetsbaar en hij was sterk. Hij hielp me en daar moet ik tot de dag van vandaag de gevolgen van ondervinden.'

'Wat heeft hij voor je gedaan?'

'Ach...' Lilian schudde kort met haar hoofd, haalde haar schouders op. 'Ik had destijds een ex-vriend die me stalkte. Michael – die ik toen als een vriend zag – heeft hem bang gemaakt, meer was het niet. Maar daarna vond hij dat ik bij hem in het krijt stond. Heel diep in het krijt.' Ze sloot haar ogen, alsof ze een moment nodig had om haar eigen woorden te begrijpen. 'Dat sloeg natuurlijk nergens op, maar zo werkt het in Michaels hoofd. Als hij vindt dat je hem iets verschuldigd bent, gaat hij tot het uiterste om het te krijgen. Of het terecht is of niet, is voor hem niet relevant.'

Irene knikte zacht. 'Dus toen wij zoenden...'

'Toen jullie zoenden betekende dat voor Michael niets anders dan genoegdoening. Jij hebt hem kapotgemaakt doordat hij in de gevangenis is gekomen, nu is hij erop uit om jou kapot te maken. Hij begint met je huwelijk, maar daarna wil hij meer. Hij wil alles.'

'Mijn huwelijk...' herhaalde Irene.

Naast haar bewoog Lilian heen en weer. 'Misschien dat je nu denkt: dat is toevallig, net nu mijn man is vreemdgegaan. Maar zo toevallig is dat niet.'

Met een ruk keek Irene opzij. 'Hoe weet jij dat?'
'Omdat ik Alina ben.'
Het was te veel. Irene had het gevoel dat ze alleen nog maar met open mond kon staren. Alsof haar hersenen waren afgehaakt, bleef de informatie zweven in haar hoofd. 'Jij bent Alina', herhaalde ze toen.
Lilian knikte. 'Ik moest zorgen dat je man zou vreemdgaan, dat was kort gezegd waar het op neerkwam.' Ze glimlachte zonder vreugde. 'Dat was niet zo makkelijk, kan ik je zeggen. Maar uiteindelijk was het gelukt. Ik had gedacht dat Michael blij zou zijn, maar hij reageerde amper. Het was maar een heel klein eerste stapje, een pesterijtje. Hij had een groter plan. En dat moest hier gebeuren, op vakantie. Dan zou je hem niet verwachten, dan zou hij jou, je kinderen en Jacco tegelijk kunnen pakken. Vooral jou. Hij had bedacht dat hij eerst met je naar bed zou gaan, en daarna...' Lilian likte aan haar lippen. Ze zocht naar een woord, haalde toen diep adem en richtte haar blik op het zand. 'Ik denk dat hij van plan was je daarna te vermoorden.'
Irene liet haar hoofd in haar handen rusten. Het was te veel om te bevatten. 'En dus werd hij nog woedender toen ik hem afwees', zei ze uiteindelijk.
Lilian lachte schamper. 'Dat kun je wel stellen. Hij was buiten zinnen. Ik was blij dat Isa er niet bij was.'
Irene keek met een ruk op. 'Waar is Isa nu?'
'Bij Jacco.' Lilian trok met haar mond. 'Ik heb gevraagd of ze even bij hem bij het zwembad mocht blijven omdat ik iets moest regelen. Ironisch, vind je niet?'
Irene knikte, maar haar hoofd bood geen ruimte voor andere gedachten dan Michael en zijn ziekelijke plan.
'Dreigen, bang maken – daar is Michael goed in', zei

Lilian. 'Geen wonder dat je naar hem toe wilde gaan toen hij dreigde je kinderen iets aan te doen.'

'Zou hij dat doen?'

'Hij is tot alles in staat. Maar het gaat in eerste instantie om jou.'

Irene staarde naar het water. De zeemeeuw dook opnieuw in de golven. 'Ik moet de politie bellen', zei ze, terwijl tegelijkertijd het besef opkwam hoe zinloos dat zou zijn. Michael had haar feitelijk nog niets misdaan. Rianne ja, maar dat was niet genoeg om hem te laten opsluiten.

Lilian schudde haar hoofd. 'Zorg dat je veilig naar Nederland teruggaat, dat is het enige wat je nu kan doen. En daar zal je voor bescherming moeten zorgen.' Ze stak haar hand op en legde die even op Irenes knie. 'Het spijt me', zei ze, terwijl ze haar aankeek met ogen die zwaar waren van alles wat ze net had verteld. Spijt, angst, medeleven – Irene las er van alles in. 'Ik wilde dat ik meer voor je kon doen.'

Irene slikte en haalde haar telefoon uit haar zak. Ze ontgrendelde het scherm. Er waren berichten van Michael. Waar blijf je?, was het eerste, gevolgd door een hele rij berichten waarin de woede steeds verder toenam.

'Ik moet Jacco bellen', zei Irene. 'Nu ik niet naar hem toe ben gekomen, gaat Michael natuurlijk naar de camping. Ik moet Jacco laten weten dat hij moet vluchten, met de kinderen. Daarna bel ik de politie.'

Alsof iemand een stolp over haar hoofd had verwijderd, voelde ze zich ineens heel helder. Ze moest snel handelen. Ze dacht niet meer aan haar eigen leven, Jacco en de kinderen waren veel belangrijker. Ze tikte zijn naam aan, bracht de telefoon naar haar oor. 'Ik zeg wel dat hij Isa moet meenemen', zei ze, maar Lilian gaf geen antwoord.

'Wat?' vroeg Irene, toen ze Lilians gezicht zag veranderen. Haar ogen waren gericht op iets wat zich achter Irene afspeelde. De blik in haar ogen deed een rilling over Irenes rug jagen, van boven naar beneden, tot diep in haar ruggenmerg. Dit was geen angst, maar iets wat verder ging dan dat. Een oerangst, doodsangst misschien. Irene wist dat ze haar hoofd moest draaien, maar ze kon het niet. Haar lijf weigerde de beweging uit te voeren, al haar spieren zaten op slot. Het ruisen van de golven zwol aan tot een geluid dat haar oren uit elkaar deed knallen. Alarmbellen gilden in haar hoofd.

Uiteindelijk deed ze het toch. Uiterst langzaam, met spieren die schreeuwden van pijn, lukte het haar om haar nek te bewegen. Alsof ze wagenziek was, deed de beweging van haar hoofd haar duizelen. Ze richtte haar blik nog even op het zand, goudkleurig, zacht, van een schoonheid die haar nooit eerder was opgevallen. Tot de gouden vlakte werd doorbroken door iets wat er niet thuishoorde en ze niet langer kon doen alsof ze het niet zag.

Daarna gebeurde alles tegelijk. Er klonk een schreeuw, misschien van haarzelf. Haar oren leken te klappen van al het geluid. 'Nee!' gilde ze, en deze keer wist ze zeker dat ze het zelf was. Ze sprong op, viel naar voren in het zand, begon in zijn richting te klauwen. Hem tegenhouden, was het enige wat ze kon bedenken, al wist ze zelf hoe zinloos haar poging was.

Toen de knal klonk – de oorverdovende knal die haar trommelvliezen deed springen – liet ze zich instinctief voorovervallen in het zand, armen over haar hoofd. Meteen richtte ze haar hoofd weer op. Ze moest zien wat er gebeurde, waar het gevaar vandaan kwam. Ze keek om.

Het was alsof haar hersenen weigerden om te zetten wat haar ogen zagen. De plek waar Lilian net had gezeten, was leeg. Op de zandkleurige steen zaten grote, rode vlekken. Irene deed haar mond open om te gillen, maar er kwam geen geluid. Lilian lag op de grond in het zand, achterover, half tegen de rotswand aan. Op de stof van haar dunne T-shirt breidde een donkerrode vlek zich razendsnel uit. Haar mond stond open, haar ogen waren halfgesloten. Irene voelde hoe haar maag zich samentrok en omkeerde. Alleen met uiterste krachtsinspanning wist ze zichzelf ervan te weerhouden over te geven. De doodsangst die ze nog maar een minuut – of was het korter? – geleden bij Lilian had gezien, moest nu op haar eigen gezicht te lezen staan.

Nu kwam er wel geluid. Irene gilde en gilde tot Bob – Michael, verbeterde ze zichzelf automatisch – met een grom een uitval naar haar deed en ze bevend het geluid wist te stoppen. Hij was vlakbij. Torende boven haar uit. Ze lag nog steeds op haar buik. Ze moest opstaan, zich groter maken. Ze probeerde diep adem te halen, maar haar longen waren geblokkeerd. Daarom hield ze het bij korte happen naar lucht om haar longen genoeg te vullen voor de inspanning die ze moest leveren. Ze trok één been onder zich, toen twee. Ging op haar knieën zitten. Richtte zich op. Ze keek naar het zand, omdat ze de aanblik nog niet aankon. Ze wilde hem niet zien en tegelijkertijd was het onvermijdelijk. Ze ging staan. Haar hart knalde bijna uit elkaar, haar bloed ging in duizelingwekkend tempo door haar aderen. Iedere spier in haar lijf was gespannen. Zo stond ze daar. En wachtte.

Hoofdstuk 16

De zeemeeuw was allang vertrokken. De stilte was oorverdovend, ondanks het voortdurende geruis van de golven. Irene probeerde haar gedachten te ordenen, maar daar was geen beginnen aan. Uiteindelijk deed ze maar gewoon haar ogen open. Ze moest de confrontatie toch een keer aangaan. Ze had geen idee wat ze moest zeggen.

Hij keek haar aan. Er speelde een lachje om zijn mond dat je geamuseerd zou kunnen noemen, maar die omschrijving leek Irene te makkelijk, te onschuldig. Het lachje was veel gevaarlijker dan dat. De zelfgenoegzaamheid ervan maakte dat haar adem stokte. Hij had haar in zijn greep en hij wist het. Ze kon niet eens beginnen de blik in zijn ogen te duiden. Het enige wat ze zeker wist, was dat ze nog nooit zoiets had gezien. Bij niemand. De combinatie van haat en triomf was zo onnatuurlijk, dat ze alleen maar kon staren. Hij was blij met zichzelf, dat straalde uit alles. In haar hoofd klonk Lilians stem: 'Hij wil je kapotmaken.' De gedachte dat Lilians stem nooit meer zou klinken, kwam vluchtig in haar op. Die verdrong ze. Straks, later, zou ze daarover nadenken. Zich overgeven aan alles wat ze voelde.

Als er een later zou komen.

Hij deed zijn mond open. 'Irene', zei hij, en nooit eerder had ze iemand haar naam horen uitspreken met zoveel minachting.

Alles in haar schreeuwde erom om haar blik los te maken van die van hem. Slechts met uiterste krachtsinspanning hield ze het vol om hem te blijven aankijken. Het enige waardoor het lukte, was dat ze wist dat ze niet zwak moest lijken. Ze moest scherp blijven, misschien deed zich een kans voor waardoor ze zou kunnen vluchten. Waardoor ze niet zou eindigen als Lilian. De beeltenis van het lichaam, het lijk, met de half toekijkende ogen leek op haar netvlies te zijn gebrand. Ze wilde het niet zien. Niet nu aan denken. Dan kon ze nog beter in de staalgrijze, ijskoude ogen kijken van de man die ze nooit een seconde had moeten vertrouwen.

'Ironisch, vind je niet?' Hij trok één wenkbrauw op. 'Dat we elkaar nu weer treffen, na al die jaren. En dat er weer een lijk in het spel is. Je zou denken dat het leven ons iets duidelijk probeert te maken.'

Het stond hem niet, die zogenaamde spiritualiteit. Ze deed haar mond open. Schakelde om. Van zwakte naar hardheid. Antwoord geven. Blijven praten. Misschien had Jacco via de telefoon het schot gehoord? Het was een kleine kans, maar niettemin een kans. Rianne zou haar bericht lezen, dat ook. De politie zou haar gaan zoeken als ze niet op de juiste locatie was. Dat moest gewoon. Ze zouden op tijd komen. Die hoop hield haar staande, hoe vals die misschien ook was. 'Het leven maakt mij alleen duidelijk dat ik me nooit met jou had moeten inlaten.'

'O nee?' Michael lachte schamper. 'Daar dacht je eerst anders over.'

Ze rechtte haar rug. Michaels pistool bungelde nonchalant in zijn rechterhand. In zijn andere hand hield hij haar telefoon, die hij had opgeraapt. Hij trok met zijn gezicht. Lichte irritatie, alsof hij last had van een vlieg die maar om zijn hoofd bleef zoemen.

'Michael, ik...' begon ze, maar zijn blik deed haar zwijgen. Hij keek haar geringschattend aan. Irene wilde bedenken wat er nu in zijn hoofd zat, maar ze had geen idee.

'Het is een beetje laat voor excuses, vind je ook niet?'

Irene gaf geen antwoord. Ze had ook geen excuses gemaakt.

'Weet je wat het is?' vroeg hij nu, zonder antwoord te verwachten. 'Ik had heus geen warm welkom verwacht, maar dat je me helemaal niet herkende...' Hij staarde langs haar heen, nadenkend. 'Dat deed toch een beetje pijn. Degene die je leven heeft gered...'

Irene staarde hem aan. 'Ik heb je nooit gezien', zei ze, al had ze niet de indruk dat het veel zin had om redelijke woorden in te brengen. 'Ik lag al op de grond toen jij binnenkwam. Het enige wat ik heb gezien, was de tattoo in je gezicht.'

Michael legde zijn hand op zijn wang, op de plek waar de inkt destijds zijn huid had gesierd. Nu pas viel het Irene op dat die huid niet helemaal was meegekleurd in de zon.

'In mijn wereld ken je nog dankbaarheid. Dankbaarheid die maakt dat je iets voor elkaar doet. Dankbaarheid die jij had moeten tonen. Maar wat deed jij in plaats daarvan? Je rende zo snel als je kon naar de politie en ik draaide de bak in.' Hij kneep zijn ogen samen. De haat was terug in zijn ogen. 'Ik heb dezelfde avond wraak gezworen en als ik dat doe, maak ik het waar. Het kan me niet schelen dat het twaalf jaar moest duren.'

Misschien moest ze meepraten, bedacht Irene. Het was doorzichtig, maar wat moest ze anders?

Haar stem was schor en klonk niet als de hare. 'Ik was bang die avond', zei ze. 'Barry was net doodgeschoten, ik had nog nooit een lijk van dichtbij gezien. En dat pistool... De politie vroeg me wat ik had gezien en toen vertelde ik het. Maar ik zal dezelfde fout niet nogmaals maken.'

Ze voelde zich de grootste huichelaar. Michael prikte er meteen doorheen. 'Je liegt', zei hij uiterst kalm. 'Je roept maar wat omdat je hoopt dat ik erin trap en je laat gaan. En zodra je hier weg bent, ren je naar de politie. Maar weet je...' Hij keek haar aan en leek oprecht geïnteresseerd in het antwoord op iets wat ze niet als vraag had opgevat. Irene kon alleen maar haar schouders ophalen.

Er zat iets vrolijks in Michaels stem toen hij antwoordde. 'Het gaat niet gebeuren. Je loopt hier niet weg, niet met mij en niet zonder mij. Als ik klaar ben, lig je naast die trut daar. Je bent te laat, Irene. Veel te laat.'

Irene huiverde, hoewel de zon vol op haar rug brandde en haar lichaam zweette in de warmte. Ze had het ijskoud.

'Ik heb elke dag aan je gedacht', ging Michael verder. 'En elke dag ging ik je meer haten. Mijn leven was perfect, totdat ik besloot jou te helpen.'

'Ik heb daar niet om gevraagd. Volgens mij kwam je die avond naar Barry om met hem af te rekenen. Omdat hij je veel geld was verschuldigd.'

Michael schudde kort met zijn hoofd. Hij keek om zich heen, ineens goedkeurend en een tikje nieuwsgierig, alsof de schoonheid van de plek hem nu pas opviel. De loop van het pistool wees naar de grond, maar Irene maakte zich geen illusies. De nonchalance waarmee hij het wapen vasthield was gespeeld, dat zag ze aan zijn witte knokkels.

'Mijn doel was om je kapot te maken, zoals je mij kapot hebt gemaakt', zei hij toen. 'Eerst je huwelijk, daarna je kinderen, daarna jou. Je man was de moeilijkste niet. Wat liet die zich makkelijk naaien door Alina.' Hij sprak de naam langzaam en cynisch uit. Irene staarde hem aan, onbewogen naar ze hoopte. Ze had net van Lilian iets anders gehoord, wat haar meer richting de waarheid leek.

'En jij was ook zo makkelijk. Twee keer iets aardigs zeggen en daar was je al, helemaal klaar voor mij. Tot je ineens moeilijk ging doen.' Hij fronste. 'Je zusje sturen, hoe durf je. Niemand behandelt mij zonder respect, en jij al helemaal niet.'

Ze likte aan haar droge lippen. Misschien kon ze een uitval doen. Ze kneep haar ogen samen. Het leek onbegonnen werk, maar het was het enige wat ze kon bedenken. Als een havik volgde Michael iedere beweging die ze maakte. In haar hoofd zocht ze razendsnel naar mogelijkheden, maar haar hersenen, haar gedachten, haar complete brein was geblokkeerd van angst. Michael bewoog zijn arm omhoog, de loop van het pistool richtte hij nu op haar. Bewegingloos. Doodstil. In zijn andere hand hield hij nog altijd haar telefoon. Alsof hij aanvoelde dat ze daaraan dacht, keek hij er plotseling zelf naar. Hij bleef haar aankijken, terwijl hij die hand hief en het toestel met een harde klap tegen de rots smeet. Irene hoorde het scherm breken. Het pistool was niet van plek veranderd.

Hij zou het doen, dat wist ze zeker. In die zin had ze niets meer te verliezen. Die gedachte maakte haar op een of andere manier rustiger. Als ze niets deed, had hij vrij spel. Ze wist niet hoelang het duurde voor hij haar zou vermoorden. Maar ze moest in actie komen.

Alsof hij aanvoelde wat er in haar hoofd zat, leek Michael ineens voort te willen maken. 'Op je knieën', zei hij afgemeten. Hij wees met de loop van zijn pistool naar het zand als om haar duidelijk te maken waar hij haar wilde hebben. Irene liet zich zakken. 'Michael...' zei ze, wanhopig op zoek naar woorden. 'Ik...'

Wat moest ze zeggen? Wat kon ze bedenken? Een dodemansbelofte om het tij te keren, nu het al veel te laat was? Ze sloot haar mond weer. Ze zou hem alleen maar razend maken. In plaats daarvan boog ze haar hoofd. Misschien toch aanvallen. Hij was groter en sterker, maar heel misschien kon ze hem verrassen. Zij was snel. Als ze langs hem wist te komen en de trap op kon rennen, zou ze misschien een kans hebben. Als ze in beweging was, was ze moeilijker neer te schieten.

'Ik sleep je naar de camping', zei Michael, zijn hoofd nu dichter bij haar dan net. Hij stond voorovergebogen. 'Een spoor van bloed achter je aan. Ik zal je laten zien, aan je man, aan je kinderen. Zodat ze allemaal weten wat een onbetrouwbare trut jij bent. Zodat ze voor de rest van hun leven hun moeder op hun netvlies weten. Dan zullen ze weten hoe verraad eruitziet, en wat de prijs is.'

Irene verbeeldde zich dat er schilden om haar hoofd zaten waar de woorden op afketsten. Ze kon zich er nu niet door laten raken.

'Als je het doet, ga je opnieuw naar de gevangenis', zei ze uiteindelijk met het gevoel dat haar mond vol zand zat. 'Dan heb je je vrijheid nog steeds niet. Is dat wat je wil?'

Hij lachte, zonder enige vorm van vreugde. 'Dat ga ik toch al. Het kan me niet schelen. Ik heb mijn fout rechtgezet. Ik had jou toen al moeten vermoorden. En haar ook.' Hij gebaarde met zijn pistool naar het lichaam van Lilian. 'Ze beloofde dat ze me zou helpen. Dat ik haar kon vertrouwen.' Hij schudde zijn hoofd. 'Ze zei dat ze mij zou helpen genoegdoening te krijgen en in plaats daarvan rent ze naar jou om te roepen dat ik zo'n naar mannetje ben. Wat is dat toch met al die wijven die zeggen dat je ze kan vertrouwen? Ze bedriegen je altijd, een voor een.'

Irene trok met haar mond. Ze praatte door alsof ze hem niet had gehoord. 'Misschien krijg je wel levenslang. Dood in de gevangenis.' Ze hoopte dat hij hier gevoelig voor was. 'Als je mij laat gaan, zal niemand weten dat je hier bent geweest.'

'Trut', siste hij door zijn tanden heen. 'Het is jouw schuld. Alles is jouw schuld. Alleen al daarom vermoord ik je. Mijn leven heb je kapotgemaakt.' Hij deed een stap naar voren. Irene kromp ineen. Ze vouwde haar armen beschermend rond haar hoofd en bleef zitten. Zijn voeten liepen verder, om haar heen. Toen Michael de loop van zijn pistool tegen haar nek zette, slaakte ze een korte, droge kreet.

'En wat nu?' vroeg hij, zijn mond vlak bij haar oor. 'Heb je nu nog praatjes? Of ben je uitgepraat? Het is te laat,

Irene. Alles is te laat. En dat heb je aan jezelf te wijten.' De loop bewoog, boorde zich meer in haar vel. Ze probeerde haar ademhaling onder controle te krijgen, maar dat lukte niet. Misschien huilde ze, ze wist het zelf niet eens.

Seconden gleden voorbij, regen zich aaneen. Misschien werden het minuten, misschien korter. Ze telde de slagen van haar hart, maar elke keer raakte ze de tel kwijt. Ze wachtte, en wachtte.

Een geluid doorkliefde het bonzen in haar hoofd. Ze kromp verder ineen, duwde haar handen tegen haar oren.

Opnieuw dat geluid, dat zich niet liet duiden. Een mannenstem? Het geluid van een vogel? Of was het Michael zelf? Ze durfde niet te kijken, maar ergens in haar hoofd ontspon zich een gedachte. Een gedachte waaraan ze niet wilde toegeven. Je hield altijd hoop, hoe uitzichtloos het allemaal ook leek. Een zin uit een boek, ze wist niet meer welk. Of was het iets wat ze op internet had gelezen? Haar overlevingsinstinct leek zich te roeren. Misschien kwam er iemand, misschien werd ze gered.

Het duurde lang. Ze opende haar ogen. Michaels voeten waren dichtbij. Zijn positie was onveranderd, maar toch was er iets anders. Ze wist niet wat, meer dan een vaag gevoel was het niet. Misschien alleen maar ingegeven door die hoop. En toch gaf het haar een heel klein beetje moed. Moed om haar hoofd te bewegen, zodat ze iets meer kon zien.

Het metaal van het pistool duwde pijnlijk tegen haar huid. Hij bewoog niet. Geen moment van aarzeling, van nervositeit. Zo was Michael niet. Er was geen enkele reden om nerveus te zijn, dit was wat hij kon. Michael in optima forma. Hij zou niet aarzelen.

Ze slikte, maar het enige wat in haar mond zat was zand. Het brandde in haar keel. Weer klonk die stem, die ze niet kon thuisbrengen. Was het Spaans? Engels? Verbeeldde ze het zich alleen maar, omdat ze het zo graag wilde horen?

Nu bewoog de loop van het pistool wel. Irene permitteerde zich nog een moment van beweging. Ze hief haar gezicht een paar millimeter. Michael had zijn gezicht afgewend, keek naar iets wat zich boven hen afspeelde. Naast de trap, het lage muurtje. Stond daar iemand? Irene kon het niet zien. Maar de stem was er. Nu kon ze ook de vervorming ervan thuisbrengen. Een megafoon. Haar adem stokte terwijl haar hart omhoogsprong.

Weer die stem. Engels, nu hoorde ze het. Een man sommeerde Michael om het pistool neer te leggen. Zijn handen omhoog te houden, op zijn knieën te zakken. Michael reageerde niet. Niet zichtbaar. Toch merkte Irene de verandering op. Zijn hand ging strakker om de loop. Ze kon zijn gezicht niet zien, maar ze voelde dat hij vastberadener werd. Alsof hij dit moment niet wilde laten gaan. Alsof hij er zo lang voor had geleefd, zo lang geobsedeerd was geweest door die ultieme hang naar wraak, dat hij het zich nooit zou laten afpakken. Als hij ervoor moest sterven, dan moest dat maar, dacht ze. Maar niet zonder haar.

Razendsnel schoten haar mogelijkheden door haar hoofd. Wegrennen? Schreeuwen? Proberen het pistool te pakken? Allemaal zinloos. Ze wist niet wie die man met die megafoon was. Politie? Ze wist niet met hoeveel ze waren. Maar al waren er tien, twintig agenten, Michael zou niet opgeven. Ze sloot haar ogen weer en wachtte op wat ging komen.

Opnieuw stemmen, nu ook Michael die antwoord gaf.

'Zij is er geweest!' riep hij in het Engels. De stem via de megafoon antwoordde. 'Laat je wapen vallen!' Woorden gingen over en weer, hard, zacht, geschreeuwd, gesproken. Irene opende haar ogen weer, keek op. Er waren agenten op de trap, hun wapens geheven.

'Stoppen!' schreeuwde Michael. De agenten liepen door.

Zoveel geluiden tegelijk. Het klikken van de ontgrendeling van het pistool. Een schreeuw via de megafoon. Voetstappen in het zand. Michael die iets riep. En toen een knal, zo dichtbij dat haar trommelvliezen leken te springen. Irene gilde met alles wat ze in zich had en wachtte op de pijn.

Met een langzame plof viel hij neer. Zand verschoof en kleurde onmiddellijk rood. De pijn bleef uit. Ze hief haar hoofd en keek verbijsterd toe. Michael bewoog nog, schokkerig, met stuiptrekkingen. Onmiddellijk waren er mensen, overal mensen. Handen om haar heen, stemmen die iets vroegen. Twee mannen tilden haar op en namen haar mee, weg van Michael, weg van Lilian. Naar de trap, naar boven. Mensen in ambulancekleding stonden klaar. Ze voelde pijn in haar schouder, maar haar lichaam leek niet bij haar te horen.

En toen een vertrouwde stem. Snikkend, hortend, haar naam. Twee armen om haar heen, ze begon zelf ook te huilen. Een van de ambulancemensen zei iets, maar deed toch een stap naar achteren. Irene voelde hoe haar benen haar niet hielden. Langzaam hielp Jacco haar om op de treeplank van de ambulance te gaan zitten. Geen moment liet hij haar los. Hij wiegde haar als een baby, suste. Gaf haar water, waar ze gulzig van dronk. Daarna kroop ze weer bij hem. Ze wilde iets zeggen, al wist ze zelf niet eens wat.

'Sst.' Hij legde zijn hand tegen haar wang en schudde zacht zijn hoofd. 'Je bent veilig, dat is het enige wat nu telt.'

Hoe ze ook haar best deed, ze kreeg haar schokkerige ademhaling niet onder controle. Hard duwde ze haar gezicht tegen Jacco's borst, ze voelde zijn vertrouwde warmte, snoof zijn geur op. Zijn armen zaten zo stevig om haar heen dat het pijn deed. Zo wilde ze het ook. Ze wilde pijn voelen. Pijn, zodat ze wist dat ze leefde.

Hoofdstuk 17

DE ZEE WAS RUSTIG. IRENE KEEK TOE HOE SCHUIMEND water over haar blote voeten spoelde. Het voelde koud, maar dat was lekker. Ze bleef staan toen het water zich terugtrok en ook toen het opnieuw opkwam, deze keer tot aan haar enkels. Haar tenen zakten weg in het natte zand van de branding.

'Hé.' Dat was Jacco, die naast haar was komen staan en haar arm aanraakte. Zo stonden ze naast elkaar, hun blik gericht op de horizon. In de verte trok een boot voorbij. De wind speelde met een losgeraakte lok van Irenes haar. Ze deed geen moeite hem vast te zetten.

Verderop hoorde ze het geluid van kinderstemmen. Nikki riep iets wat door Stef werd overtroffen. Allebei lachten ze, schreeuwden uitgelaten, lachten opnieuw maar nu harder.

Jacco wees naar een houten gebouwtje op palen, tegen de duinrand. 'Zullen we daar zo even koffiedrinken?'

Irene volgde zijn blik en knikte. Ze riep de kinderen, die haar pas na een paar pogingen hoorden. Glimlachend keek ze naar hun spel. Net puppy's die voor het eerst op het strand waren, al waren ze al zo vaak in Noordwijk geweest. Ze maakte haar voeten los van het zuigende zand en zette koers richting de strandtent, Jacco's arm stevig om haar schouders.

'Zou Rianne nog komen?' vroeg hij, toen ze het terras van houten vlonders op liepen. Irene knikte. 'Ze appte dat ze er bijna is.'

Even later zaten ze aan een tafeltje op het terras. Het was een mooie nazomerdag, maar toch was het rustig op het strand en in het tentje. Misschien omdat de wind de zomerlucht had verdreven en koelte met zich meebracht. Al had je daar achter de dikke glazen wand van het terras helemaal geen last van. Irene draaide haar gezicht naar de zon en liet de lange stralen haar huid verwarmen.

'Mag ik weer spelen?' vroeg Stef, na één slok van zijn chocolademelk.

Jacco knikte en meteen vloog ook Nikki terug naar het zand. Jacco keek hen grinnikend na, maar toen Nikki struikelde en de laatste paar treden van het trapje viel, ging hij toch maar achter hen aan.

Irene sloot haar ogen. Het was fijn om even alleen te zijn. Ergens hoog boven haar kraste een zeemeeuw, een geluid dat meteen herinneringen terugbracht. Haar hartslag schoot omhoog, ze haalde een paar keer diep adem om weer kalm te worden. Dit gebeurde nog vaak. Een onverwacht hard geluid, een stem die ze niet kende, iemand die plotseling voor of achter haar stond – er was maar weinig voor nodig om haar angst aan te jagen. Ze had hard moeten vechten om daarmee te dealen, en dat gevecht was nog niet ten einde. Elke week therapie, veel praten met Jacco, aanvaarden dat ze het verleden niet kon veranderen. Het kostte haar moeite, putte haar uit. Ze werkte minder uren, ging elke avond vroeg naar bed om de uren die ze 's nachts vaak wakker lag te compenseren. Maar ze zou het redden, dat wist ze zeker. Ze moest het redden. Michael zou nooit van haar mogen winnen. Nooit.

Aan de tafel achter haar was een Duits echtpaar neergestreken. Irene luisterde naar hun gesprek, zonder het te verstaan. Ze hield van de Nederlandse kust. Als het maar even mooi weer was – in welk seizoen dan ook – waren ze vroeger naar het strand gereden, naar Noordwijk of naar familie in Zeeland. Om te zwemmen of om juist een lange, frisse wandeling te maken. Datzelfde had ze vanochtend voorgesteld en Jacco en de kinderen waren meteen enthousiast geweest. Op het strand leek alles lichter. Makkelijker. Dat had Michael haar niet afgepakt, ook al was het allemaal op een strand gebeurd. Het voelde als een overwinning, elk stukje dat hij niet van haar had gekregen.

'Mama, kijk!' Nikki kwam over het strand aangerend, haar rechterhand voor zich uit. 'Kijk wat een mooie schelp.'

Irene bewonderde het parelmoerkleurige stuk schelp in de hand van haar dochter. 'Prachtig, lieverd.'

'Ik denk dat hij uit Afrika komt.'

'Dat zou best kunnen.'

'Misschien is het... Ja?' Dat laatste was bedoeld voor Stef, die zijn zus van een afstand riep. Hij zat op zijn knieën in het zand en wenkte druk. Jacco stond voorovergebogen om Stefs nieuwste vondst ook te bewonderen. Snel rende Nikki weer weg.

Irene vouwde haar handen om haar beker. Op haar rug gezien had haar dochter wel iets weg van Rianne. Dezelfde ranke bouw, hetzelfde donkere haar.

Rianne. Irene kreeg automatisch een glimlach om haar mond bij de gedachte aan haar zusje. Rianne die boos was geworden dat Irene die dag zonder haar naar Bob was gegaan. Het had Irene een hele tijd gekost om uit te leggen waarom ze daarvoor had gekozen. Rianne had gevonden dat ze mee had moeten gaan, dat ze samen Bob – Michael – hadden kunnen tegenhouden. Dat Irene op die manier niet in gevaar gekomen zou zijn. Keer op keer had Irene gezegd dat het haar eigen keuze was. Zíj was die dag naar Michael gegaan toen ze zijn bericht had gekregen, zíj had ervoor gekozen Rianne niet wakker te maken. Omdat ze haar niet in gevaar had willen brengen, natuurlijk. Die fout had ze één keer gemaakt en wilde ze niet nogmaals maken.

Misschien was ze stom geweest, dat zou kunnen. Misschien was ze regelrecht haar eigen dood tegemoet gelopen door naar Michael te gaan. Als Lilian haar niet had gewaarschuwd was ze nog eerder bij hem geweest en was de politie misschien wel veel te laat gekomen. Als, als, als – ze kon zichzelf gek maken met dat woord. Jacco had het moeilijk te verkroppen gevonden dat ze alleen was gegaan. 'Ik had je kunnen helpen', had hij gezegd. 'Samen hadden we hem aangekund. Ik had de politie kunnen bellen.' Waarmee hij bedoelde: veel eerder dan Rianne dat nu had gedaan, toen ze wakker was geworden.

Irene had het niet gewild, samen gaan. Ze had zelf de confrontatie met haar verleden moeten aangaan, in haar eentje. Niet uit een vals sentiment van levenskunst – leerden ze je in zweverige cursussen niet dat je voor ware bevrijding eerst je verleden moest overwinnen? – maar uit de praktische overweging dat als ze samen zouden gaan, de kinderen allebei hun ouders konden verliezen. Michael zou niet hebben geaarzeld hen allebei te vermoorden. En ja, Jacco had een eindje verderop kunnen wachten, maar het risico zou nog steeds immens groot zijn geweest.

Ze had kunnen sterven, dat wist ze heel goed. Als Michael eerder de trekker had overgehaald, had ze hier niet gezeten. Ze wist nog steeds niet wat hem ertoe had gebracht dat niet te doen. Het was geen barmhartigheid, en ook geen twijfel. De beste reden die ze kon bedenken, was dat hij zo lang mogelijk had willen genieten van het moment waar hij zoveel jaar op had gewacht. Dat zijn opwinding – of misschien bloeddorst – zo groot was geweest, dat hij niet had gewild dat het zou eindigen. Tot de laatste druppel wilde hij zijn beker van de overwinning leegdrinken. Langzaam, stukje voor stukje, werkte hij aan de voltooiing van zijn werk. Het mocht niet te snel voorbij zijn. En nu had hij te lang gewacht.

De Spaanse versie van de rijksrecherche had het helemaal onderzocht en uiteindelijk geconcludeerd dat het schot gerechtvaardigd was. De agent die had ingeschat dat hij moest doden om te redden, had in de paar seconden die hij voor die beslissing had gehad, juist geoordeeld. Irene had hem nooit gesproken, en nooit echt gezien, maar elke dag dacht ze aan hem en bedankte ze hem in gedachten.

Ze bracht haar beker naar haar lippen en nam een slok van haar koffie. Verderop hadden Nikki en Stef hun interesse voor Stefs vondst verloren. Joelend renden ze achter elkaar aan over het strand, richting de waterlijn. Stef struikelde en viel languit in het zand, zijn zus liet zich expres naast hem vallen. Hun uitgelaten gelach deed Irene automatisch grinniken. Het waren dit soort dingen, kleine momenten van geluk, die haar elke dag blij maakten dat ze nog leefde. Voor Nikki en Stef, voor Jacco, voor zichzelf. De momenten die op zichzelf klein leken, waren juist het grootst. Daar ging het om. Niet om werk, geld, dagelijks gedoe – in het grote geheel vielen al dat soort muizenissen weg. Na alles wat er was gebeurd, had ze dat duidelijker dan ooit op haar netvlies. Alles wat er tussen haar en Jacco had gespeeld, was in één klap verdwenen. Geen seconde hadden ze het ooit nog gehad over die zoen, zijn overspel. Het deed er gewoon niet langer toe. Hun fouten waren overstemd door de aardverschuiving die in hun leven had plaatsgevonden en op de brokstukken daarvan hadden ze elkaar gevonden. En omhelsd. Om nooit meer los te laten.

Ze keek om toen ze een geluid achter zich hoorde. 'Hé zus', zei Rianne en ze omhelsde Irene. Daarna ging ze naast haar zitten. Meteen kwam er een ober aan, Rianne bestelde koffie.

'Wat een heerlijke dag', zei Rianne en genietend draaide ze haar gezicht naar de zon. 'En wat een goed idee om naar het strand te gaan.'

'De kinderen moesten echt even uitwaaien. En wij eigenlijk ook wel.'

Rianne keek haar aan. 'Hoe gaat het?'

Irene knikte bij wijze van antwoord.

'Het is vandaag precies drie maanden geleden, wist je dat?' Rianne staarde in de verte. 'Het voelt korter.'

Irene was zich bij het opstaan al bewust geweest van de datum. Drie maanden sinds Lilian was overleden, was het eerste wat ze had gedacht. Drie maanden dat Isa zonder moeder leefde.

Ze had het meisje nooit meer gezien. Omdat ze graag wilde weten hoe het haar was vergaan, had ze via de politie uitgevonden dat Isa nu bij haar oma woonde. Irene had haar via Facebook opgezocht en ze had gezien dat de vrouw foto's had geplaatst van haar en haar kleindochter op Isa's tiende verjaardag. Bij een andere foto stond dat Lilians moeder nog maar achttien was geweest toen ze haar dochter kreeg en dat Lilian zelf op haar drieëntwintigste moeder was geworden, waardoor Isa een relatief jonge oma had. Dat idee deed Irene om een of andere reden goed.

Irene keek toe hoe de ober zwarte koffie voor Rianne neerzette. 'Je moet dat loslaten', had Rianne gezegd, toen Irene haar had verteld dat ze Lilians dood maar moeilijk te verkroppen vond. Misschien wel moeilijker dan al het andere wat er was gebeurd. 'Natuurlijk is het vreselijk, maar je kunt niet al het leed erbij nemen. En je hebt er geen invloed op gehad.'

'Als ze niet naar mij toe was gekomen om mij te waarschuwen...'

'... dan weet je niet wat er was gebeurd', had Rianne die zin keer op keer afgemaakt. 'Misschien was Michael al die tijd al van plan om haar te vermoorden. Vergeet niet dat ze alles wist. Te veel in zijn ogen, misschien wel. Ze was een risico dat hij door de mand zou vallen, dat hij uiteindelijk verraden zou worden. Mannen als Michael houden niet van risico's.'

Irene wist dat ze gelijk had, maar het was moeilijk haar gevoel daarmee in overeenstemming te brengen. Dat er een meisje opgroeide zonder moeder, zou altijd een beurs plekje op haar ziel blijven.

De politie had eerst nog gedacht dat Lilian een handlanger van Michael was. Een logische redenering natuurlijk, aangezien ze samen naar Spanje waren gereisd en zelfs als broer en zus geregistreerd stonden bij de camping. In het urenlange gesprek dat ze nog dezelfde middag bij de politie had gehad, had Irene verteld hoe het echt zat en hoe Lilian haar had willen waarschuwen. Later had de politie door onderzoek ontdekt hoe Lilian door Michael onder druk was gezet. Dat Michael vond dat ze bij hem in het krijt stond, zoals Lilian het had verwoord, was nog zacht uitgedrukt. Hij had zware bedreigingen geuit, aan haar adres en aan dat van Isa. Bij de gedachte aan hoe bang Lilian moest zijn geweest voor het leven van haar dochter en van haarzelf, draaide Irenes maag zich om.

'Ik ga die twee daar gedag zeggen', zei Rianne en ze stond op om naar haar neefje en nichtje te lopen. Die kwamen haar joelend tegemoet en Rianne rende op hen af, armen gespreid om de wind te vangen. Irene was blij dat ze hun niet hadden verteld wat er was gebeurd. Het zou niet te begrijpen zijn en ze zouden alleen maar bang zijn geworden. Het enige wat ze ervan hadden gemerkt, was dat ze een middag bij de buren waren ondergebracht – wat ze heel leuk vonden – en dat ze toch één nachtje langer op de camping waren gebleven. De volgende dag waren ze wel meteen aan de terugweg naar Nederland begonnen, maar gek genoeg had ze Nikki en Stef daar niet over horen klagen. 'In de kerstvakantie halen we het in', had Irene ze beloofd. En dat deden ze ook. Gisteren hadden ze vier tickets geboekt naar Curaçao. Een rib uit haar lijf, maar elke euro waard, vond ze. Het was tijd voor een vakantie waarvan ze alleen maar zouden genieten.

Ze richtte haar blik op haar familie op het strand. Jacco zat nog op zijn knieën op het zand, maar stond op toen hij Rianne zag. Hij begroette haar met een omhelzing en daarna keek hij naar Irene, zocht haar blik. Ze lachte naar hem en bleef naar hem kijken toen hij het terras weer op liep.

Hij kwam naast haar zitten en wenkte de ober voor nog meer koffie. Vanaf het strand klonk het gelach van Rianne en de kinderen. Jacco glimlachte. Ze keek naar zijn ogen, die op het drietal waren gericht. Er zat warmte in zijn blik. Soms, op momenten als deze dat het geluk ineens door haar heen ging, voelde ze een pijnscheut bij de gedachte aan wat ze allemaal had kunnen kwijtraken. Dat beschouwde ze gek genoeg ook als een zegen, ze had zoveel, ze voelde zich zo rijk.

Ze wentelde zich in Jacco's warmte toen hij zijn arm om haar heen sloeg. Beantwoordde zijn kus. Even deed ze haar mond open omdat ze iets wilde zeggen, maar toen sloot ze hem weer. Geen woorden, alleen maar zijn. Samen.

Tijdens hun vakantie op een tropisch eiland maken Saar en Niek al snel nieuwe vrienden. Maar dan doet Saar een vreselijke ontdekking...

Ze willen even eruit, weg van het Nederlandse winterweer, bijkomen en elkaar weer vinden. Het Caribische eiland met zijn prachtige stranden en altijd schijnende zon lijkt daarvoor de perfecte plek. Als ze ook nog een Nederlands stel ontmoeten met wie het meteen klikt, hebben ze een topvakantie.

Terwijl Saar en Niek genieten van de zon, is op Bonaire de Nederlander Patrick Koelstra vermist geraakt. De politie staat voor een raadsel: Patrick is na een strandfeest zomaar van de aardbodem verdwenen. Door een ongelukkig toeval kruist de zaak van de vermissing de vakantie van Saar en Niek, die daarna een stuk minder onbezorgd is. Saar krijgt de schrik van haar leven te verwerken en langzaamaan ontvouwt zich een nachtmerrie waarin ze alle grip lijkt kwijt te raken.

Bestemming Bonaire
Paperback, 224 pagina's
ISBN 978 94 6068 411 1
€ 15,-

Het geslaagde zomerkamp in Egmond aan Zee verandert in een nachtmerrie als een van de kinderen spoorloos verdwijnt...

Net als andere jaren besteedt Laurien van Poelgeest de eerste week van de zomervakantie als leiding op een zomerkamp voor kinderen. Ook al kan ze na haar eerste jaar als lerares Nederlands op een middelbare school wel vakantie gebruiken, ze heeft veel zin in het kamp. Haar tweelingzus Tessa is er ook. Ook heeft Laurien haar collega Pieter gevraagd om mee te gaan. Dat zij en Pieter al een tijd aan het flirten zijn, maakt het kamp voor haar des te leuker.

Het kamp in de duinen is een groot succes. Het is mooi weer, de kinderen hebben het naar hun zin en dat geldt ook voor Laurien, zeker als zij en Pieter 's avonds bij het kampvuur steeds nader tot elkaar komen. Bij datzelfde kampvuur gaat het ook over die ene gebeurtenis, vijfentwintig jaar geleden, toen een jongetje verdween van het kamp en verdronk in zee.

Nu lijkt de geschiedenis zich te herhalen. Op klaarlichte dag verdwijnt een van de kinderen. Niemand heeft echter iets gezien of gehoord en het jongetje is onvindbaar...

Zomernacht
Paperback, 240 pagina's
ISBN 978 94 6068 427 2
€ 10,-

In het familiehuis op Ibiza vindt Anna een onbekende ketting. Is dit het spoor naar de nooit opgeloste dood van haar zusje...

Als niet lang na haar moeder ook de vader van Anna de Kee overlijdt, moeten zij en haar broer beslissen wat ze met de vakantievilla van hun ouders op Ibiza doen. Anna besluit erheen te gaan om het huis klaar te maken voor de verhuur. Terwijl haar ex hun zoontje een week meeneemt naar Texel, gaat Anna met haar beste vriendin Ciska naar het eiland waar ze zo veel herinneringen heeft.

Tijdens het opruimen vindt Anna een ketting die ze niet kent. Die blijkt van Yara te zijn, haar zusje dat op haar negende verdronk in het zwembad van het vakantiehuis. De vondst brengt een stroom herinneringen teweeg en Anna zit ineens met vragen, die ze niet meer aan haar ouders kan stellen. In plaats daarvan komt ze terecht bij een oud-politieman die destijds betrokken was bij het onderzoek. Maar waar ze eigenlijk hoopt op geruststelling en antwoorden, leidt een serie vreemde gebeurtenissen alleen maar tot meer vragen.

Casa Ibiza

Paperback, 256 pagina's

ISBN 978 94 6068 422 7

€ 10,-

Tijdens het jaarlijkse vriendenweekend doet Lara een vreselijke ontdekking. Boos en verdrietig verdwijnt ze in de ijskoude nacht. Als Lara uren later nog niet terug is, wordt voor het ergste gevreesd.

Lara van Dam verheugt zich op een knus winterweekendje met haar vriendengroep. Ze hebben een huisje gehuurd in de Brabantse bossen en er zijn geen andere plannen dan eten, drinken en bijkletsen bij de open haard. Maar het weekend loopt totaal anders als Lara er op de eerste avond achter komt dat haar vriend Yves is vreemdgegaan. Lara is woedend en wil naar huis, maar zonder rijbewijs en openbaar vervoer komt ze niet ver. Boos en verdrietig loopt ze weg, het donkere en ijskoude bos in. Het maakt haar niet uit, als ze maar niet terug hoeft naar het huisje. Wanneer vervolgens ieder spoor van Lara ontbreekt, worden de vrienden ongerust en gaan haar zoeken. Maar dat loopt uit op een nachtmerrie...

Winterwereld
Paperback, 224 pagina's
ISBN 978 94 6068 409 8
€ 10,-

Eva en Leon genieten van een relaxte vakantie in een Drents vakantiehuisje. Maar dan verdwijnt de kleine Max...

Eva kijkt uit naar de eerste gezinsvakantie met haar vriend Leon en hun zes maanden oude baby Max. Hoewel ze dol is op Max vindt ze haar leven sinds zijn komst wel erg druk geworden en daardoor heeft ze het gevoel dat zij en Leon een beetje langs elkaar heen leven. Ze hoopt op vakantie weer tot elkaar te komen en eindelijk eens echt alle tijd voor Max te hebben. Dat is iets wat ze, voor haar gevoel, in het dagelijks leven met werk en verplichtingen soms te weinig heeft.

Omdat Eva en Leon het niet zien zitten om heel lang te reizen met de baby, kiezen ze voor een bestemming dichter bij huis. Eva's ouders hebben een zomerhuisje in de Drentse bossen dat ze drie weken mogen gebruiken.

De eerste week is het een onbezorgde en zonovergoten vakantie. Tot Eva op een nacht wakker wordt van een vreemd geluid in de tuin. Als ze daarna even bij Max gaat kijken, ziet ze een leeg bedje...

Zomerhuis
Paperback, 288 pagina's
ISBN 978 94 6068 423 4
€ 6,-

Na een cocktailparty op het strand verandert de relaxte vakantie van Amber in een regelrechte nachtmerrie...

Vanwege hun 40-jarig huwelijksfeest nemen Herman en Ineke van Heesch hun kinderen en kleinkinderen mee op een winterzonvakantie naar Curaçao.

Op een avond besluiten de schoonzusjes Amber en Sophie te gaan stappen en ze gaan naar een cocktailparty op het strand. De vrijgevochten Amber voert de keurige huismoeder Sophie de ene cocktail na de andere. Sophie raakt zowaar los en is de hit van de avond op de dansvloer. Ze gaat zelfs in op de avances van een knappe en charmante Antilliaan. Amber vindt het reuzegrappig om deze kant van de brave Sophie te zien en vermaakt zich kostelijk.

Als de party ten einde loopt en Amber naar huis wil, kan ze Sophie nergens vinden. Amber moet eigenlijk wel grinniken om de situatie: de brave Sophie, die waarschijnlijk ergens ligt te rollebollen met een knappe Antilliaan. Maar als Sophie ook de volgende dag niet naar huis terugkeert, blijkt er niet veel meer te lachen.

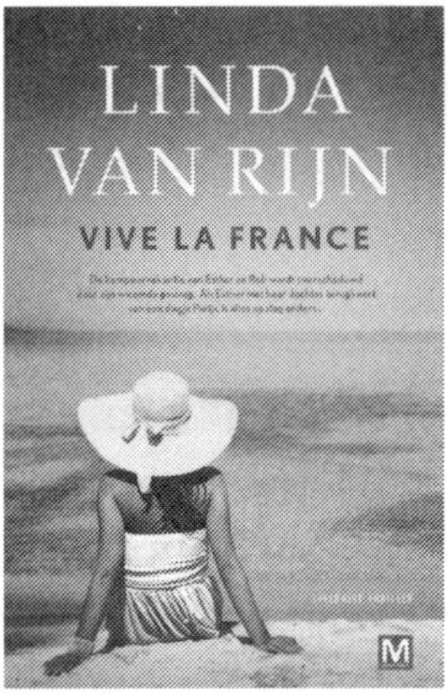

De kampeervakantie van Esther en Rob wordt overschaduwd door zijn vreemde gedrag. Als Esther met haar dochter terugkeert van een dagje Parijs, is alles op slag anders...

De gezellige kampeervakantie met het gezin verloopt de eerste dagen precies zoals Esther de Koning had gedacht en gehoopt. Niet voor niets had ze er enorm naar uitgezien om weer eens lekker met zijn drieën op vakantie te gaan. Maar al snel begint haar man Rob zich vreemd te gedragen: hij heeft weinig aandacht voor zijn gezin en zit continu op zijn telefoon. Er ontstaan irritaties, vooral bij Esther. Die bereiken een hoogtepunt als Rob ineens en zonder reden van camping wil veranderen. Nu is niet alleen Esther maar ook Isa de dupe van zijn vreemde gedrag.

Op de nieuwe camping lijkt het beter te gaan, maar dat is slechts van korte duur. Rob schuift het af op problemen op zijn werk, maar Esther kan dat maar moeilijk geloven. Als Esther en Isa terugkeren van een dagje shoppen in Parijs, is Rob er niet om hen op te halen van het station. Ook reageert hij niet op de oproepen en berichtjes. Maakt Rob het nu al te bont of is er heel iets anders aan de hand?

Vive la France
Paperback, 256 pagina's
ISBN 978 94 6068 362 6
€ 6,-

Gedwongen door de crisis gaan Anouk en haar gezin in Nederland op vakantie. In Bergen aan Zee krijgt de onbezorgde vakantie een totaal andere wending.

Door de crisis zit de jaarlijkse vakantie naar Spanje er dit jaar niet in voor Jan en Anouk, want de meubelwinkels waarvan Jan eigenaar is draaien minder goed. In plaats daarvan gaan ze met hun kinderen Timo en Lena naar Bergen aan Zee, waar ze gratis in het vakantiehuis van een bevriende zakenrelatie kunnen verblijven.

Anouk is hard toe aan de vakantie. Doordat Jan personeel heeft moeten ontslaan, moest ze voortdurend bijspringen. Bovendien zijn de spanningen in haar huwelijk opgelopen, omdat Jan meer oog heeft voor zijn computer dan voor haar. Anouk hoopt op vakantie weer dichter tot elkaar te komen. In eerste instantie lijkt dat ook te gebeuren. Jan is ontspannen en als hij ook nog een grote order krijgt, lijkt het eindelijk wat beter te gaan met zijn humeur. Anouk probeert op haar beurt iets positiefs te doen en organiseert een surpriseparty voor zijn veertigste verjaardag. Had ze dat maar nooit gedaan...

Zeezicht
Paperback, 288 pagina's
ISBN 978 94 6068 395 4
€ 6,-

Op een reünieweekend in het winterse Wenen halen de vriendinnen herinneringen op aan vroeger. Maar als het overlijden van jaarclubgenote Daniëlle ter sprake komt, heeft dat fatale gevolgen...

Het vijftienjarig bestaan van jaarclub Artemis mag niet ongemerkt voorbijgaan. En dus vertrekken Dominique en haar vriendinnen voor een lang weekend naar het winterse Wenen. Ook de partners mogen mee.

Nadat ze overdag de sprookjesachtige stad hebben bezocht, is het 's avonds een en al gezelligheid bij het haardvuur. De wijn vloeit rijkelijk en de jaarclubgenoten halen herinneringen op aan vroeger.

Er wordt ook stil gestaan bij het overlijden van jaarclubgenote Daniëlle, die in haar eerste studiejaar volkomen onverwacht zelfmoord pleegde. Als een van de vriendinnen in aangeschoten toestand verkondigt dat Daniëlle opzettelijk van het dak is geduwd, blijkt al snel dat dat niet bij iedereen goed valt. Kennelijk is iemand in de groep bereid heel ver te gaan om de waarheid te beschermen...

De Jaarclub
Paperback, 240 pagina's
ISBN 978 94 6068 383 1
€ 6,-

Voor Heleen en Carlo gaat een langgekoesterde wens in vervulling met hun Italiaanse agriturismo. Het Toscaanse leven lacht hun toe tot een verschrikkelijke gebeurtenis alles op zijn kop zet...

Als Carlo Marino zijn baan bij een bank verliest, besluiten hij en zijn vrouw Heleen te gaan voor de droom die ze al jaren koesteren: ze verhuizen met hun twee kinderen naar Toscane,waar ze in een oude hoeve een agriturismo beginnen. Na een grondige verbouwing en de nodige investeringen komen er al snel veel gasten. Carlo en Heleen genieten van hun nieuwe leven als gastheer en gastvrouw, en van het fantastische Italiaanse leven. Net als de kinderen Florian en Sophia zijn ze helemaal ingeburgerd in de kleine gemeenschap.

Maar wanneer er onverwacht vreemde dingen gebeuren op de agriturismo valt hun droomwereld in scherven. Een gruwelijke gebeurtenis brengt een verzwegen verleden naar boven en dwingt hen om hun complete toekomst op het spel te zetten...

Villa Toscane
Paperback, 224 pagina's
ISBN 978 94 6068 332 9
€ 6,-

Als haar kersverse echtgenoot tijdens de huwelijksreis spoorloos verdwijnt, staat Hannah voor een raadsel. Hoe goed kent ze eigenlijk de mensen die ze altijd vertrouwde...

De romantische huwelijksreis van Hannah en Koen naar Curaçao wordt ruw verstoord als Koen tijdens het snorkelen spoorloos verdwijnt. Hannah wordt gek van angst.

De plaatselijke politie loopt niet zo hard als Hannah zou willen en ten einde raad gaat ze zelf op onderzoek uit. Die zoektocht brengt onaangename waarheden aan het licht. Als Hannah zelfs voor haar eigen leven moet vrezen, wordt ze geconfronteerd met de vraag of ze Koen wel zo goed kent als ze denkt.

Blue Curaçao is een spannende thriller over een desastreuze liefde die blind maakt en over mensen die zich anders voordoen dan ze in werkelijkheid zijn.

Blue Curaçao
Paperback, 288 pagina's
ISBN 978 94 6068 199 8
€ 6,-

Op de lastminutevakantie in Hurghada loopt Suzanne haar exvriend tegen het lijf. Liever had ze hem nooit meer gezien...

Vijf jaar zijn Susan Waterberg en haar man Hugo getrouwd. Die mijlpaal wil Susan niet onopgemerkt voorbij laten gaan. Ze regelt haar schoonouders als oppas voor hun zoontje Stijn van drie en boekt een lastminutevakantie naar Hurghada. Voor Hugo is de trip een grote verrassing, zeker omdat hij zijn padi (duikbrevet) pas een jaar heeft. Nu kan hij eindelijk 'echt' gaan duiken. Hoewel het afscheid van Stijntje hun beiden zwaar valt, verheugen ze zich op de zonvakantie.

Als ze op de duikschool inchecken krijgt Susan de schrik van haar leven. De duikinstructeur is een 'oude bekende' en confronteert haar met een gebeurtenis die ze altijd voor Hugo heeft verzwegen. De zorgeloze strandvakantie die Susan voor ogen had, verandert in een web van leugens en chantage. Om haar gezin te redden, zal ze definitief moeten afrekenen met haar verleden.

Last Minute
Paperback, 256 pagina's
ISBN 978 94 6068 075 5
€ 6,-

Anne geniet volop van haar relaxte leven als makelaar aan de Spaanse Costa. Een gruwelijke vondst in een van de villa's zet alles op zijn kop...

Anne Verhulst geniet met volle teugen van haar leven in Spanje, waar ze werkt op een makelaarskantoor van luxe vakantievilla's. Het warme klimaat, de zon, de zee en natuurlijk Daniel maken haar leven perfect. Haar Spaanse vriend overlaadt haar met passie, aandacht en de meest uitbundige cadeaus. Hij is een schril contrast met haar nieuwe baas, de zoon van Henk Bleiswijk, die het kantoor van zijn vader heeft overgenomen. Als Anne op een dag de gehandicapte dochter van haar voormalige baas in een van de villa's vindt, vastgebonden en onder het bloed, is het over met haar zorgeloze leventje. De misselijke actie lijkt een waarschuwing te zijn, maar waarvoor? Als ook het kantoor overhoop wordt gehaald en Anne merkt dat ze wordt gevolgd, wordt ze echt bang. Waarom hebben de criminelen het juist op haar voorzien?

Viva España
Paperback, 256 pagina's
ISBN 978 94 6068 239 1
€ 6,-

Voetbalvrouw Michelle gaat mee op trainingskamp naar Gran Canaria. Maar wat een gezellige week belooft te worden, eindigt in een nachtmerrie.

Voetbalvrouwen
Paperback, 160 pagina's
ISBN 978 94 6068 153 0
€ 6,-

Op kampeervakantie met haar gezin in Frankrijk raakt Mieke in de ban van de mysterieuze Ewoud. Al snel loopt de spanning op...

Vakantievrienden
Paperback, 108 pagina's
ISBN 978 94 6068 104 2
€ 6,-

Tijdens de skivakantie in Kirchberg verdijnt de kleine Marius. De politie staat voor een raadsel...

Piste Alarm
Paperback, 240 pagina's
ISBN 978 94 6068 159 2
€ 6,-

De wintersportreis van Nienke heeft alles weg van een droom, zeker als twee reisgenoten avances maken. Maar de meeste dromen zijn bedrog...

Ski Resort
Paperback, 224 pagina's
ISBN 978 94 6068 277 3
€ 6,-

Vier stellen gaan op een skivakantie naar Saalbach Hinterglemm. Als een van hen verongelukt bij het offpiste-skiën begint een duistere reis door het verleden...

Off Piste
Paperback, 256 pagina's
ISBN 978 94 6068 274 2
€ 6,-

Vier vriendinnen genieten van een skivakantie in Kirchberg. De moord op een van hen stelt de politie voor een raadsel.

Winter Chalet
Paperback, 256 pagina's
ISBN 978 94 6068 157 8
€ 6,-

'Bestemming Bonaire *is een leuke, vlotte vakantiethriller met een aantal verrassende plottwisten waardoor het boek je in zijn greep houdt.'* – THRILLZONE.NL

'Zomernacht *is een fantastisch boek om te lezen. De spanning is goed opgebouwd, waardoor het een echte pageturner is.'* – CHICKLIT.NL

'Casa Ibiza *is een heerlijk vakantieboek waarmee je direct in de juiste modus zit.'* – VROUWENTHRILLERS.NL

'Linda van Rijn heeft een schrijfstijl die de lezer aan het boek geboeid houdt. Zomerhuis *zorgt voor uren puur leesplezier.'* – VROUWENTHRILLERS.NL

'Winterwereld *is een perfect vakantieboek.'* – CHICKLIT.NL

'In Winterzon *voel je de hitte van het zand, de weldaad van de zon en de ophitsende vakantiesfeer van een beachparty. Genoeg om als lezer al reikhalzend uit te zien naar je volgende vakantie.'* – HEBBAN.NL

'Zeezicht *is wederom een bloedstollend spannend vakantieverhaal van Linda van Rijn. (...)'* – CHICKLIT.NL

'Piste Alarm *is een echte vrouwenthriller, geschreven in een vlotte stijl en vol emoties. En tegen het einde zelfs superspannend!'* – CRIMEZONE.NL

Er zit een mooie vaart in het verhaal. Een aanrader voor je vakantiekoffer.' – VROUWENTHRILLERS.NL

'Door de vaart, de onderhuidse spanning, maar ook door de menselijke keuzes van de hoofdpersoon in Last Minute *blijf je 'hooked' aan dit boek.'* – CRIMEZONE.NL

'Viva España *is een heerlijke, zomerse thriller, die je lekker in de zon, op het balkon of op vakantie op het strand of aan het zwembad moet gaan lezen!'* – CHICKLIT.NL

'Als je dit boek dus gaat lezen, bewaar 'm dan voor in je koffer. Ideaal om mee te nemen op vakantie.'
– READABOOK.NL

'Een heerlijk spannend boek voor een paar uurtjes leesplezier bij het zwembad. Zo zit je uiteindelijk toch weer op het puntje van je strandstoel!' – VROUWENTHRILLERS.NL

'De combinatie van de spannende proloog en de onderhuidse, subtiele spanning tussen de hoofdpersonen zorgen ervoor dat Winter Chalet *je vastpakt en niet meer loslaat.'*
– CHICKLIT.NL

'De ontknoping mag er zijn. Korte, flitsende zinnen doen je als het ware meerennen met Eva. Je voelt de adrenaline. Je zit in haar hoofd. Je wil antwoorden en liefst zo snel mogelijk. Pas als alles op zijn pootjes terecht komt, durf je weer voluit te ademen.' – HEBBAN.NL

Colofon

Redactie: Karin Dienaar
Omslagontwerp: Riesenkind
Omslagbeeld: Malcolm Brice | Arcangel Images
Zetwerk: Studio Marian Akkermans
Druk: Wilco

Eerste druk april 2019
Tweede druk april 2019

ISBN 978 94 6068 416 6
E-ISBN 978 94 6068 711 2
NUR 305

Uitgeverij Marmer BV
De Botter 1
3742 GA BAARN
T: +31 649881429
I: www.uitgeverijmarmer.nl
E: info@uitgeverijmarmer.nl

www.lindavanrijn.nl
@lindavanrijnthrillers